風野真知雄

江戸城仰天

大奥同心・村雨広の純心 新装版

実業之日本社

JN113935

実業之日本社文庫

目次

村雨　広　大奥同心。新井白石の家来。新当流剣術の達人。
桑山喜三太　大奥同心。間部家中。弓矢の名手。
志田小一郎　大奥同心。広敷伊賀者で絵島の配下。忍びの術の遣い手。

徳川吉宗　紀州藩主。
柳生幽斎　尾張徳川家に仕える忍者の総帥。別名大耳幽斎。
柳生静次郎　尾張柳生流から破門され浪人暮らしの剣士。
小夏　静次郎の娘。
無阿弥　水戸忍者団の総帥。
花園おけい　女中として大奥に潜入する水戸忍者。
人形弥惣二　人形を操る水戸忍者。
片岡正太　歌舞伎役者。実は水戸忍者。
さつき　大奥女中。実は紀州のくノ一忍者。

『江戸城仰天
大奥同心・村雨広の純心』
主な登場人物

新井白石　六代将軍家宣時代から幕政刷新に大ナタをふるう政治家・学者。
西野十郎兵衛　新井家の用人。
綾　乃　十郎兵衛の娘。
月光院（お喜世の方）　家宣の側室、七代将軍家継の母。かつて村雨と幼なじみのお輝。
徳川家継　七代将軍。
天英院　家宣の正室。
絵　島　大奥の女中をつかさどる年寄。
生島新五郎　山村座の人気歌舞伎役者。
間部詮房　側用人。
徳川吉通　尾張藩主。
徳川綱條　水戸藩主。

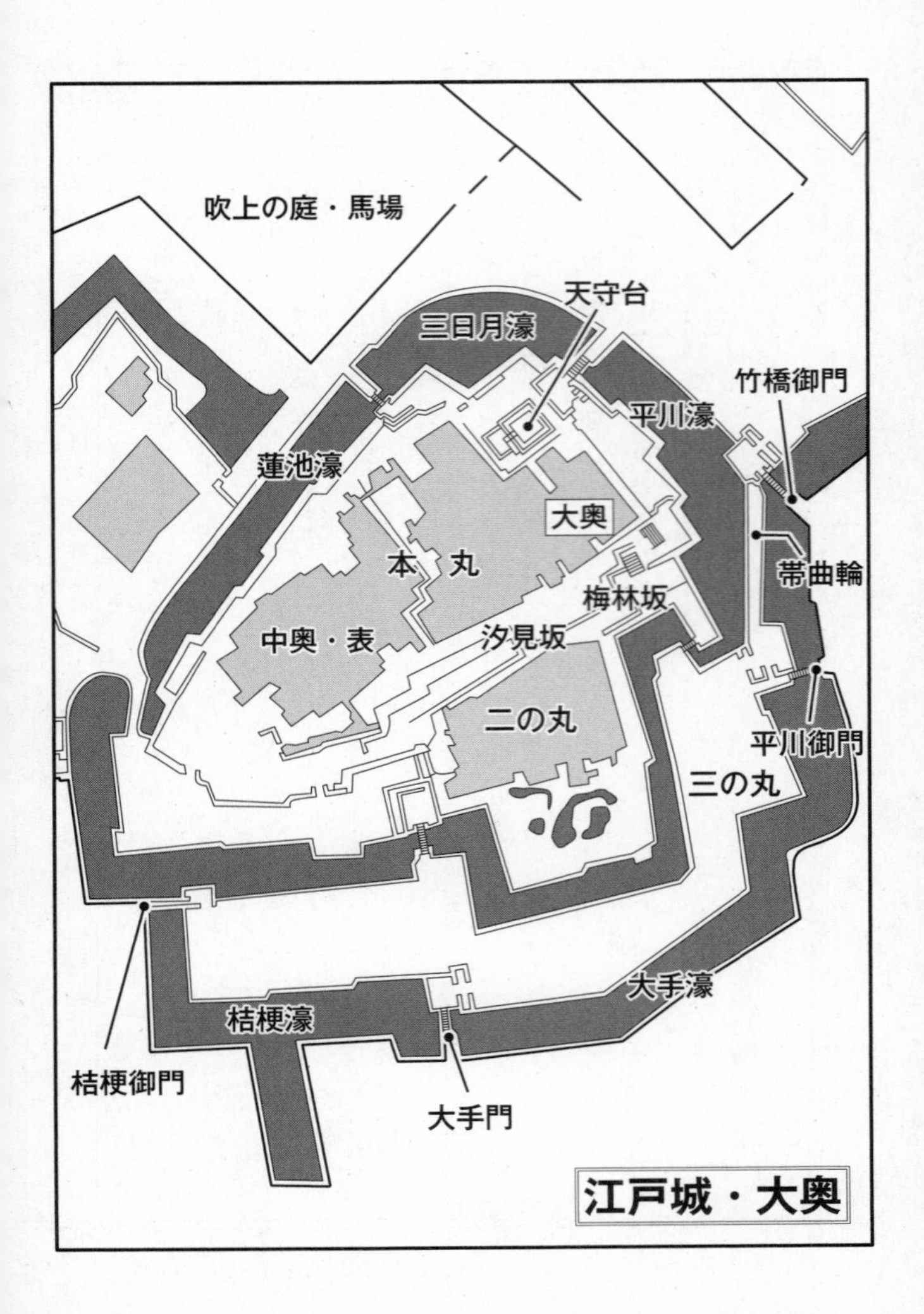
吹上の庭・馬場
天守台
三日月濠
竹橋御門
平川濠
蓮池濠
大奥
帯曲輪
本　丸
梅林坂
中奥・表
汐見坂
平川御門
二の丸
三の丸
大手濠
桔梗濠
桔梗御門
大手門
江戸城・大奥

序章　豪雨

江戸城本丸の屋根に、凄まじい雨が降りしきっていた。

いまは亥の刻（午後十時）ごろ――。

むろん、周囲は真っ暗である。

城内ではあちこちに夜警のための篝火が焚かれているが、その明かりは届かず、まるで赤い穴のように遠くに見えているだけだった。

――これじゃあ警備もおざなりだな。

本丸の屋根に現れた紀州忍者の雲次は、そう思った。

このところ、大奥の警備が厳しくなった、以前とは大違いだ――と、囁かれている。まことのことなのか、雲次は自分の目で確かめようとしたのである。

紀州忍者がいまなすべきことはただ一つ。

将軍家継の暗殺。

それだけである。

家継の逝去で、紀州藩主の徳川吉宗が将軍の座に就く可能性は、断然大きくなる。

ただ、確実ではない。御三家の尾張藩や水戸藩でも、候補を立てられるからだ。そのときはまた、候補の命を奪うことになるだろうが、しかしいまは、家継を亡き者にしなければならない。そうしないと、なにも始まらない。

これまで何度か家継暗殺に失敗してきた。もう成功させなければならない。だが、能無しの伊賀者どもが守る家継を、なぜ、なかなか仕留められないのか。大奥同心などという連中が守っているらしいが、しょせんは江戸の忍びだろう。

関ヶ原からこっち、ろくに目立った働きをしてこなかった伊賀者など、取るに足りない相手なのだ。

——では、なぜ、家継を討てない？頭領の川村幸右衛門をはじめ、凄腕として知られた忍者たちが、次々に倒されてしまったのは事実である。

あれだけの忍者を育てあげようとしたら、そう簡単なことではない。資質に恵まれた者を見つけ、血の滲むほどの訓練をほどこし、さらに多くの経験を積まさ

ない。倒されたのは、何百人に一人という逸材ばかりだったのだ。

いまの紀州忍者のなかに、自分より腕の立つ者が何人いるだろう?

——いないな。

と、雲次は思った。何人か資質に恵まれた者もいるにはいるが、まだまだ経験が足りない。一人前に育つには、あと数年いるだろう。

——もう、おれくらいか。

自慢ではない。うぬぼれてもいない。

これは焦りなのだ。だから、なんとしても早く、雲次は自分の手で、家継を討たなければならない。

——ん?

雲次は雨が傘に当たる音を聞いた。

——警備の者か。

と、すぐに思った。

警備の者が、蓑笠(みのかさ)ならともかく、よくも音のする唐傘(からかさ)を差してやって来たものだ。

「ぷっ」

雲次は思わず噴いた。こんな馬鹿な連中が警備をするのである。確かに雨はひどいが、唐傘はないだろう。

「誰だ、そこにいるのは？」

屋根の上のほうでくぐもった声がした。

地上を歩いていたと思ったら、すでに屋根の上まで来ているらしい。それくらい暗くて、なにもわからない。

警備の者にしてはすばやい動きである。

「誰だ、はないだろう。おれだよ」

雲次はふざけたことを言った。警備の者同士が鉢合わせしたと思ってくれたらいい。

「伊賀者がこんな雨のなかを、わざわざ屋根の上まで調べるわけがないよな」

と、唐傘の男は言った。

なかなか鋭い。だが、自分は伊賀者ではないと、余計なことを言ったわけだ。

「それは同感だ。ということは、おぬしは尾張の忍者か」

「尾張だと？　すると、お前は紀州の忍者か」

「お前は水戸か」

二人の忍びは相手を探り合った。

御三家以外に、家継暗殺のため忍者を繰り出して来る藩はあるはずがない。いままで、水戸藩の動きがなかったのは、奇妙なくらいなのだ。

雨脚はますます激しくなった。

剝き出しの肌に当たる雨が痛い。蓑をつけているが、あいだから入り込んでくる水で、身体がどんどん冷えてきている。

早く決着をつけたくても、忍者の勝負に焦りは禁物である。

――ん？

相手の傘の雨音が静かになった。

畳んだのか、それとも傾けたのか。

――いや、違う。

風を切るような音が聞こえてきた。相手は傘をくるくると回しているのだ。しかも、そうしながら徐々に近づいて来る。

雲次は手裏剣を放った。

ぶん。

と音がして、弾け飛んだようだった。

――傘が手裏剣を弾き飛ばしただと？

なにがどうなったのか、とにかく真っ暗でわからない。

雲次は念のため、すこし後ろに下がった。

「やや っ」

相手が驚いた気配があった。

江戸城の屋根瓦(やねがわら)は、表面が陶器のような滑らかさになっている。それが雨で濡(ぬ)れれば、油でも塗ったみたいに滑る。相手の男の動きがゆっくりなのも、そういうわけである。

だが、雲次はすばやく後ろに動いた。それが不思議なのだろう。

かちり。

という音がした。相手は手裏剣を出したのだ。

雲次は高く上がった。

足の下を手裏剣が飛んで行くのはわかった。的確な狙いだった。

「どこだ？」

相手はとまどっていた。

その声の中心に雲次は手裏剣を放った。が、またしても弾き飛ばされた。

「上にいるのか？　ほう、宙に浮いているのか？」

相手はこっちを見て言ったのがわかった。この闇のなかで、手裏剣の飛んで来た角度で察したなら、たいしたものである。決して侮れない。

雲次はうかつに動けなくなった。

気配を殺し、相手の頭上にゆっくりと動いた。

やがて、雨が小熄みになってきた。

すると、うっすら月明かりが輝き出したではないか。

「え？」

相手が驚くのがわかった。いるはずの敵がいなかったからだ。

奇妙な傘を手にし、それをくるくると回していた。あの傘で手裏剣さえ弾いてしまうらしい。

どんな材質でつくられているのか。あるいは、あれほど早く回っているせいなのか。

雲次は真上から手裏剣を二本、投げ込んだ。

この距離で命中しないわけがない。

一本は脳天、もう一本は肩。二本とも深々と突き刺さった。

相手は驚愕（きょうがく）し、こっちを見た。手にしているのは傘だけ。

——勝った。

雲次はにんまりした。

「凧（たこ）だったのか」

と、相手は苦しげに言った。

「いかにも」

雲次は巨大な凧をお城の上に浮かし、そこからもう一本垂らした綱にぶら下がりながら、自分の位置を操っていた。

「死ね」

雲次がとどめの手裏剣を叩（たた）き込むと同時に、相手は最後の力を振り絞り、意外な行動に出た。

回しつづけていたその傘をこっちにすくい上げるようにしながら投げつけて来たのである。

それは、飛ぶのこぎりだった。

「うぎゃあ」

雲次はいままで味わったことのない凄まじい痛みを覚えた。

傘は凧の綱と雲次の身体を断ち斬ると、風にあおられ、うっすら明るくなった夜空に飲み込まれていった。

二人の戦いは相討ちだった。

本丸の屋根には、忍者の死体が二つ、残された。

第一章　水戸

一

本丸の屋根の上に鴉（からす）の大群が来ていた。
ぎゃあぎゃあという鳴き声が、いまにもしゃべり声に変わりそうな気がする。
それくらい、厭（いや）らしい鳴き声である。
鴉たちは大喜びで死肉をついばんでいた。
「しっ、しっ」
長い梯子（はしご）をかけ、大奥同心の三人が、屋根の上にやって来た。
桑山喜三太（くわやまきさんた）。
志田小一郎（しだこいちろう）。

そして、村雨広。

それぞれ、老中の間部詮房、大奥年寄の絵島、そして新井白石の推挙を受け、大奥同心として働き出した者たちである。

「ひどいな」

桑山喜三太は顔をしかめて言った。

もともと惨たらしいはずの遺体が、鴉に突かれてとんでもないことになっている。

「二つだけか」

志田小一郎が周囲を見回すと、

「そうみたいだ」

村雨広は遺体のわきにしゃがみ込んだ。

仰向けに倒れている遺体には、手裏剣が三本、突き刺さっている。

脳天、右肩、そして首の付け根。

もう一人は、腹を斬られ、はらわたを飛び出させている。

「衣を剝いでみよう」

志田はそう言って、二人の着ていたものを脱がせた。

「ゆうべはひどい雨だった」

と、志田が言った。

「いったん小熄みにはなったが、また激しくなっていたな」

桑山が答えた。

「さぞや足元が滑っただろうに」

「そのわりに転んだような跡は見当たらないな」

痣（あざ）ができるはずだが、痣も打ち身の跡もないのである。

「傷は手裏剣と刀のものだけか」

志田が傷を見ながら言った。

二人とも、腰に差した刀は短めで、がっしりした拵（こしら）えの、いわゆる忍び刀である。

「これは刀傷じゃないだろう」

と、村雨は言った。

「じゃあ、なんだ？」

「のこぎりみたいだが」

「まさか、のこぎりで戦う忍者？」

「いや、普通にはない武器を使っていたかもしれないな」

村雨の推測に、桑山と志田はうなずいた。

「手裏剣は十字手裏剣だが」

桑山が肩に刺さった一本を抜いて、つくりを見ながら言った。

「真上から放たれている」

志田が上を見ながら言った。

雲はなく、青空が広がっている。

「大きく跳んだか、宙を飛んでいたか」

桑山が言うと、

「凧か？」

村雨はそう言ったが、しかし雨のなかを凧でここまで飛んで来ることができるのか、あまり想像できない。

「凧を使う忍者は、紀州にいるぞ」

と、志田が言った。伊賀者はさすがに各藩の忍者についての知識が豊富なのだ。

「雨のなかを？」

「風があれば雨は大丈夫だ」

昨夜は風もあった。板戸のがたがたいう音がうるさいくらいの風だった。

「紙の凧ではないのだろうしな」

村雨は納得した。

「腹をやられたほうは紀州の忍者。そしてもう一人は尾張か？」

と、桑山が言った。

「いまのところ、そう考えるのが妥当だろうな」

志田がうなずいた。

「紀州と尾張の忍者がここで鉢合わせ。戦った挙句、相討ちとなったか」

「そうだな」

二人はそう言ったが、村雨はなんとなく釈然としない。のこぎりで戦う忍者の正体が見えてこない。

とりあえず二人の遺体を下ろしているところに、広敷(ひろしき)伊賀者から志田に報告が入った。

「西の丸の裏手に、奇妙な傘が落ちていたそうだ」

二

三人は西の丸へ向かった。

西の丸の裏手は、山里と呼ばれる広い森になっている。狐(きつね)や狸(たぬき)もいる深い森である。そこの竹藪(たけやぶ)に、ひっかかっていたという。

「これか」

傘は開いたまま竹の上のほうの枝にかかっていたが、竹を揺さぶると、下に落ちてきた。ふつうの傘より一回り大きい。

桑山はこれを持って、

「重いな」

「そりゃそうだ。鉄の骨だもの」

志田が傘の骨を指差して言った。

傘の骨は鉄でできているだけでなく、隙間(すきま)が詰まっている。油紙ではなく、なめした革が張られていた。

「革のところが傷ついているな」

志田が指差した。

「この先端のところについているのは、肉片だろう」

桑山が眉をひそめて言った。

「うむ。これはもしかしたら、こうして使うのではないか?」

村雨はその傘をくるくると回し始めたが、

「志田。ちと手裏剣を放ってみてくれ」

自分の身体を隠すようにして言った。

「わかった」

志田は三本つづけざまに手裏剣を放った。が、いずれも回転する傘に弾き飛ばされてしまった。

「ほう。それはおそらく矢でも同じだろうな」

桑山も感心した。

「しかも、これは盾にして使うだけではない。こうもするんだ」

村雨は回しながら投げ飛ばすようにした。

すると、傘は唸りながら二人に向かって飛び、

「おおっ」

慌てて横に避けた二人を嘲笑うように、ゆっくりと飛び、竹の幹を四、五本ほど断ち斬ってから下に落ちた。

「凧の忍びもこれでやられたのだ」

と、村雨は言った。のこぎりではない。回る傘が武器だったのだ。

「こんな手妻のような武器を操る忍者がいたのだな」

桑山は自分も傘を回しながら感心した。

「わしも初めて知った技だ」

志田は衝撃を隠さない。

「凧はなかったのかな」

桑山は森を見た。

「そっちはもっと風に乗って、かなり遠くまで行ってしまったさ」

志田がそう言ったので、三人は大奥へ引き返すことにした。

いままで平川門のわきに、仮小屋のようにつくられてあった詰所だが、活躍と主張が認められ、天守閣のわきに詰所を移してもらえた。

ここなら、なにかあったときは、すぐに月光院と家継のところに飛んで行ける。

また、三人は広敷伊賀者に挨拶だけすれば、大奥のなかも好き勝手に動き回ることができるようになった。

それは月光院の強い要請があって許されたことだった。

三人が詰所にもどって来ると、中奥のほうから茶坊主が来て、

「ただいま、家継さまに水戸家の用人が」

と、告げた。月光院から報告するように言われたのだろう。

「水戸家の？」

「家継さまのお退屈を慰めたいと、芸人を連れて来たそうです」

「わかった。わしらもいっしょに見させてもらう」

家継が客と会うときには、かならず大奥同心のうち一人か二人は同席させてもらうことにしたのだ。今日は村雨と志田が付き添うことにした。

無論、警護の武士はほかにもいるが、家継と会うのがどういう者か、大奥同心のほうでも確かめておきたいのである。

このときは実行に移さなくても、別の機会を狙うかもしれない。下見のつもりで来ているのかもしれない。

大奥同心は、あらゆる事態を想定しなければならない。

家継が月光院とともに、中奥の御座の間に入り、水戸家の挨拶を受けた。

「本日は上さまにぜひ、お目にかけたいものがございまして」

水戸家の用人が言った。

名を大須賀主膳（おおすがしゅぜん）といい、ここにもよく顔を見せる男である。

「うむ。なんじゃ？」

「この人形師でございます」

一礼して、大須賀の前に出たのは、狂言師のように烏帽子（えぼし）をつけた若い男だった。高さ二尺ほどの裸の男の子の人形を手にしている。

「あ、金太郎だな」

家継は嬉（うれ）しそうに言った。

「さようにございます。ただいまから、金太郎が熊（くま）と相撲を取って、ご覧に入れます」

人形師はそう言うと、大きな熊の人形をわきに置いた。

その熊を相手に、金太郎は相撲を取り出したのだが、その動きが素晴らしいのである。手足から表情まで、男は二本の手だけで操り、熊を土俵の外まで押し出したり、きれいな投げを打ったりする。そのあらゆる動きに不自然さがない。

「凄いぞ、金太郎」

家継が褒めると、金太郎はなんと照れて、家継に笑顔まで見せたのである。

「おお」

家継は感心したが、

——これは凄い。

村雨は感激を通り越し、恐ろしささえ覚えた。

これはどこかで忍びの技とつながるはずだった。

「では、これにて」

「うむ、楽しかったぞ」

水戸藩の一行は退出して行った。

怪しいが、引き留めて調べても、なにかわかるはずもない。

「やつら、気配を窺(うかが)っていたな」

と、志田が言った。

「ああ。忍び込ませた忍者がもどらないので、ようすを探りに来たのだろう」

「そういえば、聞いたことがある」

「なにを？」

「亡くなった水戸のご老公は、身辺に忍者を集めたが、どこか手妻とか芸に近い技を好んだと」

「手妻とか芸に近い？　なるほど。傘の技などはまさにそうだ」

「いまの人形師など」

「忍者だろうな」

村雨と志田は、詰所にもどった。

「どうだった？」

桑山が訊いた。

「間違いなく、水戸藩が動き出しているな」

志田がうなずき、

「御三家がそれぞれ将軍の座を狙っている。ただ次を待つだけなら構わぬが、家継さまのお命を狙っている」

と、村雨が言った。

「なにせ候補とされるお方は、皆、家継さまよりはるかに年上。まともに順番を待っていたら、先に死んでしまうだろうからな」

桑山が苦笑いをし、

「この際、御三家同士で互いにつぶし合ってもらいたいものだ」

村雨はそう言った。

三

それから三人は、大奥をつぶさに点検して回った。

屋根裏から天井、そして大奥の女中たちの部屋から床下にいたるまで、防備を強化している。細い糸を張り巡らせ、何者かが侵入したときはすぐに泊まり込んでいる大奥同心の部屋に異常が伝わるようにした。

また、屋根裏の梁(はり)には何本も贋物(にせもの)を渡し、これに足をかけようものなら、いっきに下へ落下する。

床下にもところどころに落とし穴をつくり、ここも踏めば下へ転がり落ちて、出られなくなる。

こうした仕掛けがほぼ完成したので、いちおう村雨広から大奥年寄の絵島に報告しておくことにした。

「ここまでやれば、忍び込むことはできないでしょう」

絵島は満足げにうなずいたが、

「いえ、これでは」

と、村雨は言った。

「まだ、なにか？」

絵島が訊いた。

「結局、上さまをお守りするのは人なのです」

「そうであろう。だが、大奥同心はもう増やさなくていいと、そなたたちは言っているではないか」

絵島は不満げに言った。

「大奥同心ではなく、信頼できる人を置きたいのです」

「信頼？」

絵島の目が光り、村雨を見た。

「ええ。一人のあるじに献身的に仕えるような」

「大奥にはおらぬと言うのか？」

「……」

答えない村雨を絵島は鋭い目で見て、立ち去って行った。

こうしたようすを、月光院が見ていたらしく、立ち去ろうとする村雨に、

「どうしました？」

と、訊いた。

「いえ。どうぞ、ご心配なく」

と、村雨は言った。

月光院の心配ぶりは痛々しいほどである。村雨としては、なにも知らずにいてくれたほうが気は楽である。

身体の具合も大丈夫なのか。浅草の長屋にいたころのお輝は、頬などふっくらしていたものだった。だが、いまはずいぶん痩せてしまっている。

笑顔などもほとんど見ることはない。お輝の、あの屈託のない笑顔はどこに消えたのか。

「上さまがお可哀そうで」

月光院が言った。

「なにか？」

「この数日、おかしなふるまいがあるのです」

ちらりと家継に目をやってから言った。

家継は、すっかり親しくなった小夏と独楽を回して遊んでいる。

「おかしな?」

「小夏が遊びに来てくれているときはいいのですが、厠(かわや)に入ったまま出て来なくなったり、わざと雨に濡れていたこともありました」

「雨に」

家継は身体が丈夫ではない。風邪でもひいたらと、さぞや心配しただろう。

「刺々(とげとげ)しい気持ちになったりもするらしく、襖(ふすま)の鳥の絵に箸(はし)かなにかで突いたみたいに、いっぱい穴が開いていたこともありました」

「そうなのですか」

「上さまは悩んでいるのです。まだ幼くても、たいへん勘の鋭いお方です。自分の身になにかが降りかかろうとしているのも感じておられるでしょうし、そして自分の立場も理解しているのです」

「わたしもそう思います」

村雨はうなずいた。

家継には不思議な勘働きがある。以前、本丸に仕掛けられた火薬についても予言したことがあった。

それが将軍の資質としてふさわしいかどうかはわからないが、類(たぐ)い稀(まれ)な能力であることは間違いない。

「市井に生まれていたら、ただ、賢い男の子ということで、なにも悩む必要はなかったのでしょう」

「ええ」

「上さまという立場を投げ出すことができたら、こんな不幸も避けられるのでしょう。わたしもいっしょに逃げることができたら……」

「逃げる？」

「ええ。将軍の座を放棄してしまうのです。村雨広、この前のようにお城の外に連れ出せませんか？」

月光院の表情は真剣だった。

「それは一日だけでなく？」

「はい。ずっと。もう、このお城にはもどりません」

「それは……」

難しいだろう。

将軍の座を放棄すると言ったたって、相応の理由がなければならない。そんな理由があるとはとても思えない。

あるいは、替え玉を立てるという方法もあるかもしれないが、一日ならまだしも、完全に入れ替わることはできることではない。

しかも、それを知った御三家側は、かならず刺客（しかく）を差し向けて来る。そうなったら、村雨一人で守り切ることはできない。

だが、なんとかしてやりたい。

そのためには――。

御三家同士でつぶし合ってもらいたいと、期待するだけでは駄目なのだ。

なんとしても、つぶし合いをさせなければならない。

村雨は思案を巡らせた。

四

「なに？　雲次が倒された？」

紀州藩上屋敷の庭で剣を振るっていた徳川吉宗が、下段の構えで動きを止めた。

「昨夜、お城の本丸の上で何者かと戦い、相討ちになった模様です」

そう言ったのは、亡くなった紀州忍者の頭領・川村幸右衛門の倅（せがれ）である川村右（う）

京である。

「死体はそのままか」

「はい。すでに大奥同心が検死をおこなっていて、回収することはできませんでした」

「では、凧の術も見破られたか？」

「それはどうでしょう。残っていた綱は回収し、凧は幸い、当家の下屋敷の庭に落下しました」

「相手はお城の伊賀者ではないのだな」

「伊賀者で雲次と相討ちになるような者は、大奥同心に組み入れられた志田小一郎と申す者くらいでしょう」

「では、尾張か？」

「あるいは……」

川村右京には、ほかに思い当たることがあるのだ。

吉宗はその右京をじいっと見て、

「ついに水戸が出張って来たと言うのか？」

と、訊いた。

「なにせ、亡き光圀公が虎視眈々と狙っておいででしたから」

「なんと」

紀州の忍者は、川村幸右衛門を失ったあと、頭領不在となっている。あの幸右衛門に勝る者が現れるとは思えない。

――わしが頭領を兼ねる。

吉宗はそのつもりでいる。

だが、弱体化は避けられないのか。

そこへ水戸が参戦して来た。

尾張もやっかいである。

吉宗は、じりじりして、いても立ってもいられないくらいである。

ここまで野心が膨らんでしまっては、この後、将軍をめざさない人生など考えられるだろうか。

しかも、とても公にはできない手段を何度も用いてきた。ああしたことは、権力から離れてしまうと、かならず目をつけられ、明らかにされてしまうのだ。そうなれば、この吉宗に待っているのは破滅だけである。

――なんとしても……。

この戦いには勝たなければならない。

五

村雨の主人である新井白石は忙しい。

後に〈正徳の治〉と称賛される数々の施策を実行している。

清廉な人格はそのまま施策に反映する。横行していた賄賂は影をひそめた。

国を富ませなければ――との思いで、綿、生糸、砂糖などの国産化をめざし、それまでは米だけつくっていればいいとしていた百姓に、流通させられる作物をつくることを推奨した。

つねに民のことを思っている。

――よい政をしなければならない。

その評判が政敵の台頭をおさえることができると信じている。

しかも、やむなく政争に敗れても、いまの政がよければ巷に再び待望論が生まれ、かつ、悪政を牽制する力にもなるはずである。

村雨広は、駕籠を護衛していたとき、そんな話を諄々とされたこともある。政にはほとんど興味がない村雨だが、白石の熱意にはほだされかけたものだった。

だが、いまは、

――敵は逆にそこを突いてくるのではないか。

と、警戒している。

白石を排除すれば間部もつぶれる。そうすれば、家継と月光院にもやすやすと接近できるのだ。

「巷にお上を非難したり、揶揄したりする落書などは出てないか?」

村雨は志田に訊いた。

「いや、わしは聞いてないし、綱吉さまの生類憐みの令があまりにもひどかったから、むしろ喜んでいるのではないか」

だが、新井白石の政を悪政と騒ぐ者の背後に、次を狙う陰謀があるはずだった。

村雨広が連絡のため、白石の屋敷にもどったとき、

「殿のお駕籠が……」

中間が駆け込んで来て、そのまま息絶えた。深手を負いながらも報せて来たのだ。

ほかの家来や中間たちが慌てていくさ支度をするのを待たず、村雨はおっとり刀で飛び出した。

提灯も持たず、暗い道を駆ける。

白石の屋敷は小川町。しかも雉子橋御門を出てわずかの距離である。

ただ、大名屋敷のわき道を通るあたりは、人通りも稀だ。

案の定、その一角で斬り合いがおこなわれていた。

「柳生！」

遠くから声を張り上げた。

「加勢に来たぞ。もう、大丈夫だ！」

敵は大人数である。白石の駕籠には四、五人の護衛がついていたはずだが、いま、駕籠を守っているのは柳生静次郎一人だけである。

敵方らしき連中の死体も七つ、八つほどは転がっているが、数の違いに、さすがの柳生新陰流の達人も、押され気味らしい。

村雨の突進に、三人ほどがこっちを向いたが、ためらいなく迫るのに臆したらしく、後ろへ跳びすさった。だが、村雨は速度を落とさず、いっきに走り込んで剣を振るった。

一人目は腹をえぐり、二人目は右腕を斬り落とし、三人目は刀ごと斬り下げた。

これで残りは五人ほど。休むことなく四人目に斬ってかかる。

そのとき、駕籠の屋根のあたりから火花が出た。

「うぉお」

石火矢（ひや）のようなものが駕籠から飛び出し、敵の胸に突き刺さった。

「よし。やった」

柳生静次郎が、快哉（かいさい）を叫んだ。

「なんだ、いまのは？」

四人目の敵を斬って捨てながら、村雨は訊いた。

「駕籠にいろいろ武器を隠しておいたのさ」

「そりゃあ、凄い」

手裏剣が飛んで来るが、この二人に手裏剣は通じない。いともたやすく弾き落とす。

しかも、村雨は叩き落とした十字手裏剣を、敵へ投げつける。

狙いは外さない。たちまち二人が腕に手裏剣を受け、

「くそっ」

戦闘能力を失うと、すばやく自分で喉を突いた。

残りは一人だけ。すでに、村雨と柳生静次郎が両側から挟み込み、逃げることはできない。

「殺さずにいろいろ訊き出したいな」

村雨は敵越しに柳生に言った。

「ああ。だが、白状するかな？」

柳生が敵の動きを凝視しながら言った。

「誰がするか」

敵は横に走り出し、二人が追うやいなや、大きく跳んで向きを変え、白石の駕籠に突進した。

「しまった！」

村雨はすぐに小柄を放ち、それは敵の背骨に命中した。

敵は身体をのけぞらせて倒れ込むが、その寸前に刀を駕籠の窓に突き立てた。

駕籠の窓など簾のようなもので、刃は容易に突き抜ける——はずだった。

ガキッ。

という音がしただけだった。

「この駕籠は鉄砲の弾も通さない」

柳生静次郎が自慢げに言ったとき、

「済んだのか？」

駕籠のなかで声がした。

「ええ。ですが、そのまま、お待ちを」

と、村雨は言った。

白石の屋敷から家来や中間たちが駆けつけて来るのが見えた。彼らにこのまま運んでもらうほうがいい。

「紀州か？」

柳生が訊いた。

「まず、間違いない」

と、村雨は答えた。柳生が訊くのだから、尾張ではない。水戸はまだ家継を狙って動き出したところである。となれば、紀州がもっとも怪しい。

「とすると、吉宗は焦っているな」

と、柳生静次郎は言った。

「そうだな」

村雨もそれは感じる。

「いまこそ、村雨たちの攻めどきなのではないか?」

「三名で紀州を?」

「ああ。わたしも手伝うぞ」

柳生静次郎は嬉しいことを言ってくれる。

「いや、まずはつぶし合いをさせよう」

と、村雨広は言った。

勝ち残ったところと決着をつけるのだ。

六

「すまぬ。わしの見る目は甘かった」

志田小一郎がそう言って、瓦版(かわらばん)を持って来た。

「これは?」

村雨が訊いた。

「日本橋あたりにばらまかれてあったそうだ」

瓦版と言っても、出版元が書いてあるわけではない。誰かが売ったのでもなく、単に道端でばらまかれたのだろう。

見ると、

「大奥は乱れている」

そんな噂が書いてあった。

名も挙がっている。

間部と月光院。

「間部は大奥に来ると、月光院さまのお部屋に入り浸る。鹿革の座布団を二つ折りにして、月光院さまをはべらせ、あるときは耳垢を取らせていた。それを見た幼い上さまが、間部はまるで将軍のようじゃと語ったそうだ」

そうも書いてあった。

まことしやかな嘘である。間部と月光院がこうした仲でないことは、村雨がいちばん知っている。だいいち、いまの月光院が、大奥のなかといえど、誰かに見られずにいることなどあり得ないのだ。

気は進まなかったが、村雨はこれを月光院に見せた。

「不思議ですね」

と、月光院は言った。

「なにがでしょう?」

「わたしの部屋には鹿革の座布団があるのです。それは亡き家宣さまが愛用なさっていたもので、わたしはそれゆえに片づけられずにいるのです」

「ということは……」

大奥のもっとも深部について知っている者しか流せない噂だった。

村雨はこのことについて桑山や志田には言わず、まず新井白石に相談した。

白石は本丸の表に来ていて、村雨は話が洩れるのを警戒し、庭に出てもらってそっと瓦版を見せた。

「これはひどい」

「大奥を信頼できるものにしなければなりません」

と、村雨は言った。

「うむ。では、さっそく間部さまと絵島さまと相談しよう」

「それはお待ちください。殿だけの判断でお願いできませんか」

「わしだけの?」

「まず、いくつか新井さまだけの手を打ってみてください」

「疑っているのか？　間部さまを？」

「……」

たぶん違う。桑山と間部の結びつきを見ても、しっかりつながっている。そのあいだに偽りはありそうもない。

だが、志田と絵島につながりはほとんどない。

「まさか、絵島さまを？」

「……」

「絵島さまが敵であったなら、月光院さまは無事ではいられまい」

「月光院さまだけでは済みますまい」

「むろん、われらも、そなたたちも」

「はい」

「絵島さまなら一人で動くわけはない。誰かが背後にいる」

「そう思います」

「誰が？」

「それはまだ」

白石はよほど衝撃だったらしく、しばらく呆然(ぼうぜん)としたあと、

「なぜ、絵島さまを疑った？」

と、訊いた。

「それは……」

不思議な答えが村雨の胸のうちにあった。

女だから。

その答えは、自分でも意外だった。

七

翌日――。

新井家の用人の娘である綾乃(あやの)が、大奥のなかで村雨に声をかけてきた。

「村雨さま」

「そなたは」

いつもと違い、大奥の女中ふうに華美な着物姿になっていた。

「大奥に上がることになりました」

「新井さまから言われたのか?」

「はい」

白石が打つと約束した手の一つなのだろう。

「引き受けたのか?」

「はい。それは村雨さまのお役にも立つことなのでしょう?」

「だが、危険を伴うぞ」

「覚悟しております。わたしは武士の娘ですから」

武士の娘。

それはそれほど重いことなのか。

絵島を疑った理由——女だから。

だが、綾乃が大奥に来てくれたのは、村雨広にとってもいいことだった。

綾乃は賢い娘である。

その綾乃の目で、大奥を見てもらえば、新たなものが見えてくるかもしれない。

それに——。

綾乃はこうした華美な姿も似合っていた。

もともと美しい娘だが、その美しさが大人の女として成熟しつつあるからだろう。

村雨は内心、目を瞠(みは)る思いだった。

数日後――。

「どうだ、大奥は？」

村雨広は綾乃に訊いた。

綾乃は〈御客会釈(おきゃくあしらい)〉という仕事についている。これは、将軍が大奥にお成りのとき面倒を見たり、御三家が登城の際にはその接待に当たるという重要な部署である。

当然、大奥の深部を眺めることができる。

「はい。奇妙なところですね」

綾乃は呆(あき)れたように言った。

「それは奇妙なところさ」

大奥は、将軍の後嗣(こうし)を絶やさぬためにつくられた。すなわち子づくりのための施設である。

だから、若い女たちが大勢いる。

だが、いま家継にそんなものは必要ではない。やさしい母が一人いれば、それで充分なのだ。

それでも大奥は、依然として存在するのだから、奇妙なところにならざるを得ない。

「武術が達者な方もおられます」

と、綾乃は言った。

「うむ」

「薙刀（なぎなた）の稽古（けいこ）を見たら、驚きますよ」

「そうか」

その女たちがいつ、敵に回るか、わからない。

まして、大奥には、くノ一の女中も大勢いるはずである。

その女たちは、いまのところ広敷伊賀者の頭領が管轄しているらしい。

らしいというのは、そうした慣習や制度がいつ、つくられたものか、はっきりしないのだ。加えて、将軍直属、老中支配、若年寄支配などが入り混じり、いつの間にか誰がなんのために働いているのかさえわからなくなっていたりする。

「落葉（おちば）さま、というお女中がいらっしゃいます」

と、綾乃はつづけた。

「落葉？」

「若いときは若葉（わかば）という名だったのですが、三十路（みそじ）を過ぎたので、落葉にしたのだとか。ざっくばらんで愉快なお方です。その落葉さまがくノ一なのだとか」

「くノ一と言ったのか？」

「はい。わたしはどういうことかわからないので、くノ一ってなんですか？　と、尋ねました。なんでも、伊賀者なのだそうですね」

「伊賀者とは限らぬが、その落葉さまはそうなのだろう」

「それで、その落葉さまが、昨日、大奥のなかで怪しい女を見かけたのだそうです」

「怪しい女？」

その話はまだ大奥同心に届いていない。さっそく確かめるべきだろう。

「はい。見たことのない女が台所にいたので、お前は誰じゃ？　と尋ねると、その女は手のひらをこうこすり合わせて、ぱっと開いたら、なかから真っ赤な花が咲いたのですって」

「手妻か」

大奥の女中に手妻を使う者がいても、なんの不思議もない。

だが、水戸の忍者は手妻や芸に似た技を使うという。

いままで、紀州や尾張のくノ一の潜入を、大奥は阻みつづけてきた。それは、伊賀者はともかく、幕府側の大奥のくノ一の奮闘の結果だろう。

もし、命を捨てたくノ一に、大奥へ潜入されたら、将軍暗殺は防ぎようがない。

「まさか」

嫌な予感がする。

「どうなさいました?」

「綾乃。すぐにその女中に会わせてくれ」

「わかりました」

村雨は大奥の広間に足を踏み入れたとき、奇妙な光景が繰り広げられているのを見た。

八

広間で女たちが踊っていた。

それはゆっくりした調子の、単純な繰り返しでできた踊りだった。両手を斜め上に上げると、今度は斜め下に下ろす。足はその動作に合わせて一歩ずつ前に進める。子どもでもすぐに真似ができるくらい簡単な振りである。

だが、女たちが列をなし、寸分違わず同じ動きを繰り返しているのは、不思議な高揚感をかき立てるものだった。

「よせ、よさぬか！」

村雨は怒鳴った。

だが、誰も言うことを聞かない。

村雨を一瞥することさえなく、女たちは踊りに没頭していた。

どうでこの世は移り去るもの
よろしいじゃありませんか
みんな、過ぎ去って、消えて行くもの
よろしいじゃありませんか
よろしいじゃありませんか、というところが、明るい調子で繰り返しうたわれる。すると、ほんとにいろんなことがどうでもいいようなことと思えてくる。大奥の女たちは狭い世界で暮らしている。それだけに、些末なことがさも重大事のように心を苦しめる。

だが、よくよく考えたら、たいしたことではないのである。

この唄はそうした真実にも気づかせてくれるというのか。女たちの表情がやけに明るいのである。

――いや、違う。

と、村雨はその考えを自ら否定した。

そうした鬱屈の発散なら、女たちの目に、もっと明晰な智慧のようなものが見えるはずである。だが、女たちの目はひたすらぼんやりしている。呆けたようでもある。

「村雨さま。わたしも踊りたくなってきました」

綾乃が言った。目がとろんとしてきている。

「そなたまで？」

足元を見ると、左右の足先をこすり合わせるようにして、動き出すのを我慢している らしい。

「あ、もう、駄目」

そう言って、綾乃は女たちの流れに加わった。

無理に止めようかとも思ったが、そのままにさせた。

あとでこのときのことを訊いてみたい。綾乃なら、ほかの女中に訊くより、しっかりした答えを出してくれるだろう。

――まさか。

村雨の胸に、ふいに不安が兆(きざ)した。この大奥の中心にいる人、村雨にとって誰よりも大事な人までも、この奇妙な踊りの渦にさらわれてしまうのではないか。

そうなったら、この大奥はまるごと、何者かに乗っ取られてしまう。

「月光院さま」

村雨はすぐに月光院を捜した。

月光院はいた。柱の後ろにいて、家継をかばうように立ち尽くしていた。そのわきには、鋭い目つきの志田小一郎がいて、二人に近づく者を警戒していた。

「志田」

「村雨、よく来た」

「なんだ、これは？」

「わからぬ。いつの間にか、気づいたらこんなことが始まっていた」

これは世にときおり起きる〈馬鹿踊り〉のようなものなのか。

「月光院さま」

「村雨、これはなんです？」

「わかりません。月光院さまは、踊りたいとは思われないのですね」

「もちろんです。気味が悪いこと」

奥女中たちはうつろな目で踊りつづけている。

第二章　花術

一

一刻（二時間）ほどして——。

女たちの踊りは、いちおう落ち着いた。夜明けが来るみたいに、自然に終息した。

家継と月光院は、三人がかりで警護していたので、危難の及ぶ心配はなかったが、それにしても奇妙な光景だった。

いったい何人の女が踊っていただろう。広間に入り切らなくなって、廊下を回る者たちもいた。いちばん多いときは、百人を超える数になっていたのではないか。

徐々に自分の部屋に引き揚げて行って、いまは三、四十人が広間や廊下のあちこちに、ぐったりと座り込んでいた。

「そなたたち、なにをしていた？」

桑山が女中たちに訊いた。

「え……」

眠りから覚めたような顔をするばかりである。

「なぜ、踊った？　あの唄はなんだ？」

「踊った……」

女たちは自分が踊ったことさえ覚えていない。

村雨は広間の隅にぼんやり立っていた綾乃に訊いた。

「綾乃、そなたも覚えてないのか？」

「まるで眠るようにわからなくなっていきました」

「なにか、薬も使われたな。薬と音曲（おんぎょく）で、大勢をいちどきにたぶらかす技だ」

「まあ」

だが、たとえ薬を使ったにせよ、こういう技や術というのは、その場ですぐにかけられるものではないはずである。何度も、長期にわたって、すこしずつかけていくのではないか。

とすると、どこのくノ一のしわざかはわからないが、だいぶ前からくノ一は潜入して来ているのだ。

「ここに落葉という女中は？」

村雨が訊いた。

綾乃が見つける前に、

「その女だ」

と、志田小一郎が指差した。

「落葉」

志田が呼んだ。

「はい」

志田の前に来たのは、目立たない容貌の、おとなしそうな女だった。それはいかにもくノ一らしい。

「踊ったのはわかるな？」

志田が訊いた。

「不覚でした」

「操ったのは誰だ？」

「たぶん、あの女かと」

「話せ」

「女中のなかに、手のひらのなかに花を咲かせる女がいたのです。それで、捜してもなかなか見つけられずにいたのですが、やっと見つけたとき……」

「どうした？」

「その先は覚えていないのです」

落葉は悔しげに、ほかの女たちを見た。

大奥はいったん入ったら、なかなか出られるところではない。その女はまだ、この大奥のなかにいるのだ。

「村雨、捜すか？」

と、桑山が訊いた。

「無駄だろう」

「うむ、わしもそう思う」

とにかく数え切れない小部屋があり、二階、中二階もある。たった三人で回っても、向こうに動かれれば、堂々巡りをつづけるだけになる。

「だが、不思議だ」

と、村雨は言った。

「なにがだ？」

桑山が訊いた。

「踊らせたがなにかしたわけではない。いったい、なにをするつもりだったのだろう？」

「確かに」

三人は考え込んだ。

広間の反対側に絵島がいるのが、村雨の目に入った。

絵島も踊りに加わっていない。憤然(ふんぜん)として、女たちの醜態を睨(にら)みつけている。

「なぜ、絵島さまは踊らなかった？」

と、村雨は言った。

二

桑山と志田に家継の警護をまかせ、村雨は絵島に近づいた。

打掛（うちかけ）に描かれた孔雀（くじゃく）が、大きく羽根を広げている。月光院よりも派手な着物姿は、むっちりした身体つきにはよく似合っている。

「絵島さま」

「なんだったのです、いまのは？」

絵島は村雨に訊いた。

「わかりません。大奥の女たちにも不穏な気配が出てきました」

「だが、わたしの手の者が家継さまをお守りしている。大奥の女といえど、むやみに家継さまには近づけぬ」

「ですが、ここに女は何人います？」

「え？」

絵島は戸惑った顔を見せた。女の数を答えられない。

大奥には女が三千人と言われる。

が、そんなにはいない。

それでも、下働きの女まで入れたら、数え切れない。じっさい、数えたことはないのではないか。

「ひどいものですね」

村雨は言った。

「ええ。大奥にいる女全員をきちんと把握しておられない。だいいち、多すぎるでしょう」

「ひどい？」

村雨がそう言うと、

「そなた、わらわに文句を申しておるのか？」

絵島は色をなした。

「ですが、大奥をじっさいに取り仕切っておられるのは絵島さま」

「わかっておる。だが、たかが同心が」

「申し訳ありません」

いったんは引いた。

本当はこういうときは押しまくったほうがいい。引けば、女は逆に恨みを膨れ上がらせる。

そこが狙いだった。

三

小石川の水戸藩上屋敷に、藩主が来ている。

三代目の綱條である。

むろん御三家の藩主だから、将軍になる目が皆無というわけではない。

だが、周囲は誰も期待していない。

なぜなら、綱條はすでに六十になっているからである。

しかも、見た目がじっさいの歳より老けて見える。シミが多く、髪は真っ白である。また、農作業の経験もないのに、やや腰が曲がってきている。

正直な子どもにいくつに見えるかと訊けば、八十とか九十という答えが返ってくるのではないか。

それくらいだから、

「いまさら将軍でもあるまい」

というわけである。

まして、綱條は政にはほとんど興味がなく、もっぱら能楽など芸事に熱中した。

期待するのは、次の藩主となる鶴千代君である。まだ十歳だが、英明なること「光圀公の再来」とまで言われている。

しかし、人の気持ちはわからない。

じつのところ綱條は、「能楽も好きだが、将軍にもなりたい」のである。

まして、光圀が忍びの術と芸事の合体を奨励したため、いまや綱條の元には独自の水戸忍び団が形成されている。

この者たちを存分に使い切ったときには――。

その綱條が予定を早めて江戸に出て来たのだ。

「どうじゃ、無阿弥？」

綱條が、目の前の男に訊いた。

無阿弥と呼ばれた男は、能面をつけている。

藩主の前で無礼ではないのか。だが、これがこの男の常の姿なのだ。

「大奥に入り込みつつありますが、先日、傘丸が紀州の忍者に倒されました」

「なんと傘丸が。しかも、紀州の忍者にやられたと言うのか」

「紀州の吉宗は、いまやなりふりかまわず将軍を狙っておりますぞ」

「山猿めが。それにしても、あの傘の芸はもう見られぬのか」

綱條は落胆した。

「だが、花園おけいがすでに大奥の女中として潜入し、先日は人形弥惣二が大奥を見て参りました」

「正太はどうした？　片岡正太は？」

「正太はいま、歌舞伎役者になっております」

「歌舞伎役者だと」

「正太の動きがいま、いちばん面白いかもしれませぬ」

と、そこへ――。

「殿、花園おけいが大奥からもどりました」

「通せ」

綱條の前に女が現れた。

若くはない。三十代半ばほどか。だが、美貌である。

「おけいと申す者です」

無阿弥が引き合わせた。

「うむ。噂は聞いておった。花園おけいだな」

「は」

「どうじゃ、大奥は？」

「昨夜、女たちを操って、百人ほどを踊らせました」

「踊らせた？」

「他愛(たわい)ないことに思われるかもしれませんが、踊る気もない女を踊らせるのは、そうたやすいことではありません」

「そうなのか？」

「ある程度の数が踊り始めれば、初めての女も巻き込むことはできますが、最初に踊る女を何人か仕込むまでは、前もって用意が必要です」

「踊らせてなんになる？」

「一度踊ると、次の指示が通りやすくなります。三度目になると、どんな命令にもさからうことはないでしょう」

「つまり？」

「大奥の女たちすべてが、家継暗殺の刺客になるのです」

「なるほど。それが、そなたの得意な技か？」

「いいえ。わたしのもっとも得意とする技はまだほかに」

おけいがそう言うと、

「あ、そうか。亡くなった父を喜ばせたという技があったか」

「はい」

綱條は相好を崩し、べたつくような笑みを浮かべて言った。

「さすがに父が最後に愛でたというくノ一よのう」

四

「絵島さまが怪しい？」

志田が目を剝いた。

絵島を見張りたいと、村雨は大奥同心の詰所で告げたのである。

「大奥の、月光院さまや絵島さましか知らない話が洩れている。とすれば、絵島さまを疑ってみるのも筋だろう」

と、村雨は言った。

「確かに、わしも絵島さまには妙な違和感を覚えるのだ。あの踊りに加わっていないのも気になったし」

桑山も賛同した。

「嫌か、志田？」

村雨は訊いた。

大奥の伊賀組は、いまや絵島の支配下にあると言ってもいい。つまり、志田の上司なのである。

通常の武士は、上司を疑えば、たちまち拠りどころを失くしてしまう。だが、志田は忍者である。

戦国のころから、金で雇われてきたという歴史が、心のどこかにある。このため、忠誠というものから、どこか身軽でいる。

「言われてみると、変かもしれぬ」

と、志田は言った。

「よし。では、そういうことで」

大奥同心たちは、今後の方針を固めた。

案の定——。

翌日には、絵島が動いた。

女は不満を、惚れた男にぶつける。

村雨は、女心に精通しているわけではない。むしろ、疎いと思っている。が、これは勘である。

月光院の許可を得て、代参に出るという。

大奥の女たちが、もっとも楽しみにしていることである。

「つけるぞ」

「三人は目立つ」

「では、わたしと志田で」

村雨はまるで浪人のような着物姿で、志田は大店(おおだな)の手代ふうに。

お城を出て、西に向かった。

ということは、寛永寺(かんえいじ)でも増上寺(ぞうじょうじ)でもない。

だが、寺はどこでもいいのだ。大奥の亡くなった年寄の墓でも、お世話になった重臣のでも、墓は無数にある。

駕籠が止まった。

大きな大名屋敷の前である。大名屋敷は門に表札など掲げないが、村雨はここが紀州藩邸であることは知っている。

なにかしている。

絵島の駕籠に女中が近づき、なにか話しているのだ。

立ち止まっている村雨のわきを、町人姿の志田が追い越して行く。

「ここはどうする？」

村雨は素早く訊いた。

「わしが絵島を追う。村雨はここを見張れ」

「わかった」

吉宗に接近するのか。

絵島は駕籠の外へは出ない。だが、女中が一人、列を離れ、その場に残った。

駕籠はふたたび動き出した。

女中は駕籠を見送ると、紀州藩邸に入った。

村雨はすこし先まで行って、曲がり角に隠れた。

まもなくである。

編み笠をかぶった大柄な男が、絵島の女中や三人ほどの護衛らしき武士とともに外へ出て来た。

まさに吉宗である。

四谷御門を出ると、しばらく行ったあたりに大きな茶屋があり、吉宗たちはそこへ入った。

村雨がその近くにいると、やがて志田がなかから出て来た。ということは、絵島もここにいるのだ。志田のことだから、奥の部屋まで潜入して来たのだろう。

「呆れたな」

と、志田は言った。

「どうした？」

「吉宗が部屋に入ると、絵島さまは飛びつくように抱きついた」

「抱きついた？」

「それからは男と女の睦み合いだ」

「……」

「しかも、絵島さまより、むしろ吉宗のほうが思いは強いかもしれぬ」

「そうなのか」

村雨もさすがに驚いた。

絵島と吉宗が男女の仲だとは、まったく予想できなかった。

「いつからなのだろう？」

と、志田が言った。

「もしかしたら、大奥同心がつくられたとき、すでにそういうことだったのかも

「それは、おそらく、絵島さまの家継さまに対する忠誠心が消えたわけではないのだろう。だが、吉宗への思いが上回っているのだ」

「では、絵島さまはいままで家継さまをなぜ？」

暗殺しなかったのかということだろう。

な」

「そういうことか」

「だから、直接、月光院さまに牙(きば)を向けないが、吉宗のことは支援している。吉宗も絵島さまには穏便な方法を告げたりしているのかもな」

「さて、われらは吉宗と絵島さまの仲を知ったわけだ」

殺しはしないが、隠居させるといった方法も考えられなくはないのだ。

と、村雨は言った。

「ああ。当然、間部さまと新井さまには報告するのだろう？」

志田が訊いた。

「それはそうだ。だが、お二人はどうするだろう？」

「こうした複雑怪奇な状況を打破するのは、忍者の仕事だな」

と、志田が言った。

「まったくだ」

「これをどう利用するか……」

「やはり、われらだけでは決められまい」

「うむ。間部さまと新井さまとともに」

五

その夜――。

新井白石の屋敷を、間部詮房が訪れた。

馬場先門（ばばさきもん）の前にある間部の屋敷で相談しなかったのは、あまりにお城に近く、逆に密偵に聞かれる恐れがあるからである。

新井屋敷のほうが小ぶりであるから、警戒もしやすいのだ。

むろん桑山喜三太も供をしており、志田と村雨は先に屋敷に入っていた。

奥の部屋に間部と、新井白石、それに大奥同心の三人が集った。

村雨の報告に、

「なんと、絵島と紀州公が」

間部が絶句し、

「恐ろしいのう」

白石は気味が悪いというように顔をしかめた。

「ですが、これを摑んだ以上、われらは逆転の機会を持ったことにもなります」

と、村雨は言った。

「そうだな。して、これをどう使う？」

間部が訊くと、

「われらの狙いは、御三家を互いに争わせ、それぞれの勢力を削いでしまうこと。そうすれば、家継さまの御身もお立場も、安泰となるでしょう」

桑山が答え、

「ここはむしろ、好機。いっきに攻めに転じましょう。将軍家が御三家から攻められるのを防ぐだけなどというのは勿体ないかと」

村雨が言い、

「われら、そのためには全力を」

志田がうなずいた。

「それはいい。では、じっさいにどうするかだ」

「間部さま。家継さまに尾張藩邸を訪ねさせましょう」

　と、白石が言った。

　これには村雨たちも目を瞠った。大奥同心の立場からはなかなか提案できない、思い切った策である。

「尾張藩邸を？」

「それも非公式に、思わせぶりに」

「紀州は妬くだろうな」

　と、間部は笑った。

「それが狙いです」

「ふうむ」

「そして、吉宗も来させます。上さまは吉通さまをたいへん気に入られているので、このまま吉通さまを副将軍格として待遇し、いざというときには将軍の座についてもらうつもりだと」

「告げるのか、紀州に？」

「はい。すると、どうなるとお思いです？」

「紀州は嫉妬と焦りのあまり、吉通を亡き者にしようとするだろうな」

と、間部は言った。

「そう。そういう場をつくって差し上げましょう。まずは、尾張と紀州の同士討ち」

「面白い」

間部が乗った。

「水戸はどうしましょうか？」

白石が訊くと、

「水戸は呼ばぬほうがよかろう」

と、間部は答えた。

「なにゆえに？」

「水戸はなにゆえかと猜疑心を募らせる。そこで、尾張か紀州をぶつける」

「けっこうですな」

「わしも意地が悪いのう」

間部はそう言って笑った。

「どうだ、大奥同心たちでそうした場面をつくることはできそうか？」

白石が三人に訊いた。

「もちろんです。おふた方がそのようなおつもりなら、われらもたいへんやりやすいです」

桑山が答え、

「さらに元尾張藩士である柳生静次郎の手を借りれば、われらは万全の態勢をつくることができましょう」

村雨がつづけた。

「では、柳生静次郎も大奥同心に加え、四人とするか？」

白石の問いに、村雨たちも待ってましたとばかりにうなずいた。

六

たちまちのお沙汰（さた）だった。

間部たちの会合の翌日夕方には、将軍家継がひそかに尾張藩邸を訪れることが告げられたのである。

しかも、「明日、早朝から」と。

この告知は、尾張と紀州にのみ伝えられたのだが、とくに秘匿するような伝達ではなく、たちまち水戸藩邸にも報せは入った。

「なに、家継が月光院とともに尾張藩邸を訪ねるだと？」

「はい。しかも、そこには紀州の吉宗も呼ばれました」

「わしにはなんの沙汰もないぞ」

「そのようです」

「ううっ」

花園おけいがもたらした報告に、水戸藩主・徳川綱條は顔面を赤く染めた。屈辱に激高したのだ。

隣にいた能面の無阿弥は、しばらく綱條の怒りが収まるのを待ち、

「この動き、よくわかりません」

と、言った。

「なにがわからぬ？」

「挑発の匂(にお)いがします」

「わしを挑発していると言うのか？」

「いや、尾張も紀州もすべて」

「ということは、将軍家が？」

「ええ。狙われる一方だった将軍家が逆襲に転じたのかも」

「将軍家と言っても、その中心は月光院と間部詮房」

「それに新井白石」

「あやつらがそこまでやれるのか?」

「新井白石は思いのほか切れることは確かでしょう」

「小賢(こざか)しい学者の分際で」

「殿。ここは焦らずに」

無阿弥は静かな声であるじを制した。

「だが、指を咥(くわ)えて成り行きを見守るなどというわけにはいかぬぞ」

「そうですか」

「わしにも意地がある、誇りがある」

「……」

無阿弥は小さくうなずいてから、

「そのとき、絵島もいっしょか?」

と、おけいに訊いた。

「いいえ、絵島さまは呼ばれず、当日は木挽町(こびきちょう)の山村座(やまむらざ)で、芝居を見ることになるようです」

「絵島は将軍家の核から外れたか？」

「もともと核にあったのかどうか」

おけいは冷ややかに笑った。

「いまは、役者に夢中だしな」

「はい。この前の大奥の踊りも、絵島には通じませんでした」

「なんと言ったかな、役者は？」

「生島新五郎と言います」

「よほどいい男なのか？」

無阿弥は訊いた。なぜか、その声に笑いが含まれている。

「いちおう、絵に描いたようないい男なのですが」

「おけいは美男とは思わないのか？」

「美男ですが、すこし気味が悪いところがあります」

おけいの返事に、綱條と無阿弥は顔を見合わせて笑った。

「絵島はくノ一ではあるまい？」

「くノ一ではないでしょう。ただ、あの術は性質の悪い男にぞっこんになっている女には効かないのです。おそらく心にゆとりが無くなっているからかと」

「なるほど。では、今回は絵島は使えぬ。おけい、殿の思いをどういたそう？」

無阿弥はおけいに訊いた。

「花術を仕掛けてみます」

と、おけいは言った。

「そなた、尾張藩邸に潜入するのか？」

綱條が訊いた。

明日、尾張藩邸はことのほか警護が厳重になっているはずである。とてもじゃないが、尾張藩邸内への潜入は難しい。

「いいえ、花術はわたしが現場に行かなくても」

「できると言うのか。恐ろしい技よのう」

綱條は、あらためておけいを感心したように見た。

七

突然のお沙汰に、市ヶ谷の尾張藩邸内もあたふたした。

直接、通達を受けた江戸家老は、真っ青になって邸内を駆けずり回った。

「明日、早朝だと」

報せを聞いた徳川吉通は、柳生幽斎(ゆうさい)の顔を見た。

「……」

幽斎はゆっくり首を横に振った。

これではなにもできない。

もしかしたら将軍をここに迎え入れ、暗殺せねばならなくなる日も来るかもしれない。そう思って、準備に着手しつつあった。

それすら間に合わない。

「警護はすべて将軍家でおこなう。尾張藩邸ではいっさい無用」

とまで言ってきた。

明日はこの屋敷中に、将軍直属の家臣が満ち満ちるだろう。

もちろん、将軍に手出しができるわけもない。

下手したら、尾張藩邸が将軍家に制圧されかねない。

「しかも、紀州の吉宗も来るそうだ」

吉通は呆れたように言った。

「よいのですか、入れても？」

柳生幽斎が訊いた。

「仕方あるまい。上さまの、と言ってもそれは間部や月光院の思惑だろうが、それでも命令は発せられたのだ」

「吉宗が来ますか？」

「あの男なら来るだろうな」

そうかもしれない。

だが、吉宗は来れば、なんらかのかたちで命を失うだろう。

「しかし、なんということを」

幽斎は呆然としている。敵の動きが把握できていないまま、事態は大きく動いたのである。

あらゆる物音を聞き、すべての動きを把握できていると思ったのは大間違いだったのか。

幽斎は、八十をいくつか超えたおのれの歳を自覚した。

――わしはもう力尽きるのかもしれぬ。

「幽斎。そちのやれることは？」

吉通が訊いた。

「わたしのやれることは、せめてこの屋敷中に音の糸を張り巡らせ、明日ここで交わされる話から、将軍家の意図するところを汲み取るくらいでしょうか」

「それで充分じゃ」

「尾張の未来を摑むのは、わたしの術ごときではありませぬ。やはり吉通さまの剣なのでしょう」

「なんだ、幽斎、気弱だな」

「いえ。では、これから徹夜仕事になったとしても」

幽斎が立ち上がりかけたときである。

「殿。将軍家から先陣が」

と、江戸家老が駆け込んで来た。

「先陣？」

「一足先に入って、警護のようすを確かめさせていただくと」

「なんだと」

それでは幽斎の仕掛けでさえする暇がないだろう。

「来たのは四名。大奥同心と申しております」

八

この通達に、徳川吉宗も驚いた。

——尾張藩邸にわしも。

となれば、ほとんど単身乗り込むようなことになる。

むろん、紀州忍者を連れて行くつもりだが、それらは皆、将軍家の者や尾張忍者に封じ込まれるだろう。なんといっても尾張の屋敷に入るのだ。まるでわからない敵地で戦わねばならぬことが、忍者にとっていかに不利であるか。

川村幸右衛門がいれば、あやつの心術でなんらかの打開策が見つかったかもしれない。だが、幸右衛門はもういない。

倅の右京は役立たずで、このあいだは自分が計画した新井白石暗殺にも失敗した。

しかも、巨大な凧を操る雲次が本丸の屋根の上で殺され、めぼしい術者はずいぶんいなくなってしまった。

もしも将軍になった暁には、身近に紀州忍者の密偵を置き、各藩を見張らせようと思っていたが、それもいまや夢に終わりそうである。

——おそらく、紀州忍者群もこれで全滅……。

生き残った忍者どももしょせん、熊野（くまの）にでも帰るしかなくなるだろう。

——将軍家を見くびってきたかもしれない。

と、吉宗は思った。

なんといっても将軍家なのである。

権力はすべてそこに集中し、動かそうとすれば、絶大な力を動かすことができるのだ。

幼い将軍を見、月光院を見、間部詮房と新井白石を見て、将軍家をなめてしまった。

だが、権力というのは個々の力ではない。個々の顔でも、気質でもない。

それは大きな国のかたちなのだ。

——仮病を使うか。

明日、行かなければ、とりあえずの危機は避けられるかもしれない。

だが、それでこの吉宗という男の評価がどれだけ下がることか。どれだけ見くびられることか。

やはり、なんとしても行かねばならない。
どうせなら、忍者を一人も連れず、単身出かけるか。
——それがいい。
どうせ死ぬなら、せめて潔く。
明日、徳川吉宗はおそらく死ぬ。

第三章　吉通

一

絵島は、高輪（たかなわ）の寺に参ったあと、木挽町の山村座に入った。

おなじみの道行きである。

今日の芝居は、若手が主役の舞台で、生島新五郎は顔見世のような役を楽しんで演じていた。それでも、生島が現れると、客の視線をいっきにさらってしまうのだから、まさに千両役者である。

舞台を楽しんだあとは、楽屋に入り、さっき舞台で見た役者とみっちり話ができるのだから、こんな幸せはない。だから、芝居見物はやめられない。

今日――。

将軍・家継は、尾張藩邸に出かけてしまった。急な話で絵島ですら驚いた。そこには紀州藩主である徳川吉宗も呼ばれるという。

しかも、大奥同心たちはそれをもうすこし以前に知っていたはずなのに、自分にはなにも伝えなかった。それはどういうことなのか。

――まさか吉宗さまとのことが？

もしも知られてしまったら、もはや大奥にはいられない。

それどころか、吉宗にも危機が迫るはずである。

絵島はひどく気になっていた。

だが、生島の顔を見ると、そうしたことまで後回しになってしまう。すべては、生島の舞台を見、楽屋での逢瀬が済んだあと――と、思ってしまうのだ。

舞台が終わると、絵島は案内され、生島の楽屋に入った。

いい匂いがした。役者がつける白粉の匂いだけでなく、お香が焚かれ、本物の花の香も混じっていた。

もうこの部屋には何度も入っているのに、入るたび、新しく見つけることがあった。それは生島という役者の面白さでもあった。

案内して来た役者はすぐにいなくなった。

二人きりである。

「絵島さま、ようこそ」

生島は甘い声で言った。

「よかったですよ、今日の舞台も」

そう話しかけると、

「じつは風邪をひきましてな」

と、軽く咳払いをした。

「おや」

「立っているのもつらくて、やっと舞台を務めました」

「そうだったの」

「横になりたくてたまりません」

「いいのよ、遠慮せず」

「だが、布団を敷くわけにはいかないし」

「では、わたしの膝に頭をお載せなさい」

絵島は自分のむっちりとした太ももを軽く叩いた。

「よろしいのですか？」

生島は驚いて訊いた。

「もちろんです。わたしの足は、あなたの疲れを癒やすためにあるのよ」

絵島は生島に夢中だが、まだ男女の仲ではない。それをこの数か月、どれほど願ってきたことか。

「では、遠慮なく」

生島は絵島に近づき、横に座ると、そこから身体をゆっくり傾け、頭をそおっと膝に載せた。

「あ」

絵島の身体がぴくりと動いた。

若手役者の片岡正太は、絵島を生島新五郎の楽屋に案内したあと、思わずにんまりしていた。

いまごろ、生島は「風邪だ」と偽って、膝枕でもしてもらっているだろう。

嘘である。

風邪ひきのふりは、生島新五郎がいちばん得意な芝居と言ってもいい。

これをすると、女はかならず面倒を見てあげたいと思うのだ。

――まったく、おなごというのはたやすいものだよなあ。

正太は新米の役者である。

大奥の女たちは芝居好きと聞き、水戸家から圧力をかけてもらってこの山村座に入った。正太の天性の美貌は役者のなかでもひけを取らなかったし、忍びの術は役者の芝居と共通するところがあり、めきめきと頭角を現した。いまや、多くのご贔屓（ひいき）を持つ、注目の若手である。

――では、大奥の頭領は生島にまかせ、わたしはお付きの女たちを……。

女たちを籠絡（ろうらく）し、そこから将軍家継に迫ろうという魂胆である。

大奥には、すでに花園おけいが入り込んでいる。おけいの後塵（こうじん）を拝するかもしれない。

だが、正太は自信を持っていた。女の園の奥深くまで入り込めるのは、女ではない。やはり男でなければならない。

「お待たせしました」

女中たちが、いっせいに正太を見た。

二

「そんなことはない。余の屋敷はこんなに広くはないぞ」

「いえいえ、上さまのお屋敷のほうが」

家継はあたりを見回しながら言った。

「広いのう、吉通の屋敷は」


確かに江戸城の本丸は高台の端にあるため、庭だけを見たら、こんなに広々とはしていないのだ。

「吹上のほうに行かれたら、上さまのお屋敷の広さがおわかりになりますぞ」

「吹上？」

「はい。そこはもう、山奥のように広々としております」

「そうなのか。では、今度、行ってみることにしよう。なあ、吉通、この屋敷のなかを勝手に歩き回ってもよいか？」

「もちろんでございます」

吉通は、内心、やられたと思った。

幼い家継が興味のままに歩き回れば、家来の者もぞろぞろついて回る。それをやられたら、この藩邸の隅々まで、見られてしまうのだ。

「では、お言葉に甘えて、そうさせていただきましょう。上さまはあとでもどって参りますので、吉通さまと吉宗さまは、どうぞここでお待ちを」

と、月光院が言った。

「ははっ」

吉通と吉宗は頭を下げた。

大勢の家来たちが、家継と月光院の後を追って、森と池のほうへ移動して行った。そこは楽々園と名づけられた広い庭園だった。

その人の群れを見送って、

「われらは互いに戦えとけしかけられたようだな」

と、吉宗は言った。

「よいではないか」

吉通が笑って言った。

もちろん二人に血のつながりはある。

だが、顔や身体つきはまったく似ていない。

吉通は、上背はあるが、細身（ほそみ）である。そして、なにより美男である。

吉宗のほうは、つねづね力仕事をする者のようにがっちりしている。色は黒く、顔は美男とはとてもじゃないが言い難い。

二人並べて、どっちが善でどっちが悪かと訊いたら、十人が十人とも、善は吉通と言うだろう。

吉宗は悪人面（づら）である。それは自分でもわかっている。劣等感にもなっている。だから、吉通のような男と向き合うと、劣等感や闘争心はただごとではなくなる。

「むろん」

吉宗はそう言って立ち上がり、羽織を脱ぎ棄（す）てた。

「だが、吉宗もよく単身参ったな」

吉通も羽織を脱ぐと、すばやく襷（たすき）をかけながら言った。

「それはそうだ。わしが手の者を連れて来れば、吉通も忍びを出して来る。忍びと忍びを戦わせていたら、家継が帰るまでに決着はつかぬ」

「そうかもしれぬ」

「だが、わしが単身やって来れば、吉通も一人で相手をせざるを得ない。それを狙っただけのこと」

「なるほど、覚悟はできているらしいな」

「できている」

吉宗は硬い顔でうなずいた。

吉通は周囲を見て、

「誰も手を出すでないぞ」

と、命じた。

三

吉通はそう言ったが、じつは尾張忍者はすでに動けなくなっていたのである。

昨晩——。

大奥同心四人は、上さまの身を守るためと称してこの屋敷に乗り込んだ。

これまで三人だったはずの大奥同心が四人になり、しかもかつて尾張藩士だった柳生静次郎が加わっている。

まずは、尾張忍者の頭領・柳生幽斎の耳を封じた。

動こうとしたとき、志田が放った二つの破裂玉が、幽斎の左右の耳のそばで爆発した。凄まじい音がして、幽斎の鼓膜が破けた。

音を聞くことができなくなった幽斎は、もはや忍びの者とは言えなかった。

だから、この屋敷で、村雨たち大奥同心は、さほど気を使うことなく話をすることができていた。

「こんなに穏やかな気配が漂う藩邸は初めてだな」

と、柳生静次郎は言った。

静次郎は先代藩主の徳川綱誠に、「そなたの剣は邪道」と貶められ、柳生流を破門されて浪人したのだった。

「それはそうだ。忍びの頭領の力が失われ、命令の伝達ができなくなっている。それぞれの異様な能力も頭領の命令がなければ発揮できない。忍者というのは哀れだと、わしはつくづく思った」

と、志田小一郎は言った。

「だが、志田は発揮しているではないか」

桑山が言った。

「おぬしたちのおかげだ。自分の判断で戦うことを教えられたのだ」

それは志田の本心だった。

もともと卓越した腕の忍者だったが、志田は大奥同心になって、気持ちの強さと技の切れに磨きをかけていた。

「ところで、柳生。吉宗は一人で来たな」

と、村雨が言った。

「ああ。わたしも驚いた」

「われわれだけでなく、尾張の者も皆、驚いているさ」

と、桑山が言った。

「吉通が勝つと思うか？」

村雨が静次郎に訊いた。

「だろうな」

尾張藩主は、柳生新陰流の真髄を引き継ぐ者でもある。

「だが、勝負というのは、なにが起こるかわからん」

と、村雨が言うと、

「まったくだ」

静次郎は素直にうなずいた。

「見たいな、二人の対決を」

あの二人は、間違いなくここで雌雄（しゆう）を決するはずである。

また、そうするよう、大奥同心たちは仕向けたのだ。

「そりゃあ、見たいさ」

「だが、それも上さまの足取り次第だ」

家継の前に仔猫（こねこ）が現れた。

真っ黒い毛で、こっちを見た目が真ん丸である。

「可愛（かわい）い」

と、家継が言った。

「はい。可愛いわね」

月光院が微笑（ほほえ）みかける。

その猫を追って、家継が歩き出した。

「おい」

村雨がほかの三人を見た。

「うむ。あの庭にもどられている」

桑山が嬉しそうに言った。

四

森の尽きるあたりで家継は立ち止まった。
仔猫がそこでうずくまり、家継に抱かれたのである。
その先は広い芝生である。
芝生のなかほどで、吉通と吉宗の真剣勝負がおこなわれていた。
一目で吉通の優勢が見て取れた。
あの豪剣の吉宗が圧倒されていた。
「なんと」
「ほう」
大奥同心たちの口からも、感嘆の吐息が洩れた。
吉宗の剣がことごとく空を斬っている。
どれもわずか一寸ほど届かず、かわされている。刀を合わすこともない。
見切られているのだ。速さを誇る自分の剣が見切られるなどというのは、吉宗にとって初めてのことだろう。

「吉通は目がいいのだ」

と、静次郎が言った。

「目が？」

村雨が訊いた。

「目がいいから、速い動きも遅く見える。吉宗の剣も、舞のような速度に見えているのだろう。吉通は、柳生新陰流の歴史のなかでも逸材だ」

動きを見切るだけではない。吉通の剣も素早い。

あまりにも速い吉通の剣さばきに、吉宗は受けながらじりじりと後退していた。

「吉宗に反撃の機会があるかな？」

桑山が言った。

「いや、ないな」

志田が断定した。

「だが、吉通もあと一歩が足りないようだ」

と、村雨は言った。吉通は、うかつに踏み込むことを躊躇(ためら)っているように見える。

「それはおそらく、吉宗が肉を斬らせて骨を断つことを覚悟しているからだ」

と、静次郎が言った。

「なるほど」

「もしも吉宗の分厚い筋肉に、吉通が刀を食い込ませれば、引くときに遅れが出るかもしれない。そのときは、吉宗の剣が届いてしまうだろう。あの豪剣はたとえまぐれでも斬られたらひどい傷を負うことになる」

「確かに」

村雨はうなずいた。

「だが、吉宗はもう困憊(こんぱい)しているぞ」

桑山が言うと、

「ああ、そろそろかな」

と、静次郎が言った。

五

そのころ、山村座では——。

お付きの女中たちが通されたのは、大部屋の楽屋だった。大勢の若い役者がうろうろしているところである。

女中たちはむしろ喜んでいる。

なにせ、若い男たちの匂いが溢れているのだ。深く息を吸えば、めまいがするほどである。

「申し訳ありません。ただいま、目隠しのためのお囲いをいたします」

との詫びがあり、片岡正太が動き出した。

長い棒と大きな布を使う。

それが揺れ、視界を覆っていく。

布の模様や色は複雑である。花のようでもあり、季節の移ろいのようでもある。

布は次々に変化していく。

それを見つめているうち、女たちの首が揺れ出した。

「あ、駄目」

「片岡さま、正太さま……」

女中たちの意識が遠のく。

それなのに、女中たちはうっとりしている。

ただ一人、綾乃だけが、必死で気持ちをしっかり保とうとしていた。

この前も江戸城で不覚を取った。われ知らぬうちに、奇妙な踊りに誘い込まれていた。あれは、忍びの技だった。

——これもまた……。

片岡正太がひどく愛らしく好もしい男性に見えていた。そんなことはあり得ないのだ。自分の気持ちはひたすら村雨広に向けられているはずなのだ。

この前、怪しい術にかけられた。

そして、いま、またしても。

「たしか、綾乃さまとおっしゃいましたな」

片岡正太が耳元で言った。その息が熱い。

——駄目。

綾乃はなんとかこの罠から逃れたい。この術の邪魔をしたい。

——村雨さまにお伝えしなければ。大奥の方々が芝居小屋に出入りするのは危ないと。

だが、このままではわたしもまもなく籠絡されてしまう。

綾乃はそっと懐剣を摑むと、それを膝へ突き立てていた。

六

吉通は勝利が目前に見えていた。

もう吉宗は疲労困憊していた。まもなく膝から崩れ落ちるはずだった。

そのときゆっくりと、一太刀振り下ろせばいい。それはそのままとどめの一太刀になるはずだった。

だが、吉通もかすかに息が切れていた。

疲れというほどではないが、息は激しくなっていた。

そのとき、視界に異変が起きた。

――なんだ、これは。

視界の周囲で花が咲き始めていた。赤、黄、橙(だいだい)、青、紫……色もかたちもさまざまな、鮮やかな花々だった。

――どういうことなのだ。

かすかに見覚えはあった。

それは江戸城から屋敷にもどる途中、駕籠のなかから見た大道芸だった。

女が色紙を千切っていた。さまざまな色の紙。それを女は宙にまき散らしていた。

――もしかしたら、あれが……。

吉通の視界はいまや、一面の花畑となっていた。

呼吸が荒くなると見えてくる美しい花畑。

これこそが、水戸の光圀が、寵愛していたくノ一のおけいに、末期には花畑が見たいという望みを伝え、編み出させた術だった。

正徳三年（一七一三）七月、名君の誉れが高かった尾張藩の第四代藩主徳川吉通は、わずか二十五歳で突然の死を遂げた。

伝えられるところでは、謹慎させていた実母を饗応させていた宴のさなかに苦しみ出し、五日後に亡くなったと言われる。

しかし、これはあまりにも不自然だろう。

じっさいは違った。徳川吉宗と斬り合い、倒されたのである。

だが、それを表沙汰にすることは、誰にとっても得策ではなかった。

ちなみに、この後、数代を経て第七代の尾張藩主となるのが、吉通の末弟で、吉通がとくに可愛がっていたという宗春（通春）である。

徳川宗春が将軍徳川吉宗に徹底して対抗し、謹慎の憂き目にあったことは有名だが、その対抗心はこのときから始まったと見れば、大いに納得がいくだろう。


吉通が、吉宗の一太刀で額を割られ、倒れ込むのを見て、

「吉宗を生かして帰しますか？」

と、桑山喜三太は月光院に訊いた。

もはや、手を下す必要すらない。

吉宗は困憊し、芝生の上にへたり込んでいる。勝利を実感するどころではない。心を占めているのは、敗北感であろう。

だから、吉宗に近づいて、

「なんということをなさいました」

と言うだけで、吉宗は腹を切るだろう。

いや、そうせざるを得ない。それくらい、吉宗は完全な敗北を喫したのである。

だが――、

「帰します。帰してください」

と、月光院は言った。

「ですが、こんな機会はなかなか訪れないと思われます」

村雨も言った。

いっきに二人の強敵を除くことができるのである。これこそ、大奥同心が試みた筋書そのものだった。

「村雨。同じ日に、上さまが訪れた尾張藩邸で、徳川吉通と徳川吉宗が亡くなれば、誰のしわざであるか、後世まで語られますよ」

「それは……」

当然、将軍家が疑われよう。

「上さまを穢(けが)してはなりませぬ」

月光院は強い口調で言った。

「わかりました」

大奥同心たちはいっせいに頭(こうべ)を垂れた。

もう、かつてのお輝の面影はどこにもなかった。なんとしても、わが子である将軍を守り抜こうとする、強い母がいた。

第四章　大奥

一

吉宗はしばらく放心状態だった。

なぜ、自分が勝ったのか。

尾張の吉通との勝負には明らかに負けていた。剣の技術は格段に向こうが上だった。それが吉通の攻撃がふいに止み、まるで木偶の坊のようになってしまったのである。

誰かが自分を助けたのかとも思ったが、それも考えられなかった。

それだけではない。頭脳戦においても、将軍の周辺の者に敗れていた。あそこで大奥同心たちに殺されていても不思議はなかった。

──生き残ったのはお情けなのか。見くびられたのか。

このまま紀州に帰って、しばらく引き籠もろうかとも思った。

だが、三日四日ほどぼんやりするうち、吉宗の闘志は回復してきた。

不屈の闘志と言ってもいいだろう。

これこそが王者の資質なのだと、自分で感心した。自分に呆れるような気持ちもあった。

なにはともあれ、まだ死んではいないのである。であれば、起死回生の手もあり得るはずだった。

──なにがまずかったのか。

吉宗は考えた。どこから将軍の周辺は力を盛り返してきたのか。

大奥同心が容易ならざる敵であることは間違いない。しかも、いつの間にやら、一人、増えていた。だが、それは最近のことだろう。

間部や新井白石なども、思ったより手ごわい。

そして、中心にいる月光院。

あの女の、将軍を守ろうとする強い意志が、周辺の者たちを動かし、それがうまくいっているのかもしれない。盤石の体制ができつつあるのか。

どうもこれまでの大奥の工作は、成功していない気がする。

絵島の働きが足りないのではないか。なぜ、絵島はもっと動いてくれないのか。

もともと絵島は忠誠心の旺盛（おうせい）な女だった。それが吉宗の魅力に負け、密会するごとに力を貸してくれるようになった。

だが、本当に自分の味方をするのか、最後の最後に逆転劇のようなことが待っているのではないか。

「殿」

川村右京が呼んだ。

「ん？」

「ご心配ごとでも？」

こういう問いをするやつである。

かつての紀州忍者の頭領・幸右衛門なら、すでになにが起きたかを把握している。

「……」

吉宗は、返事をする気にもなれない。

二

一方――。

大奥は静謐につつまれている。

尾張藩邸を訪ねた将軍家継は無事にもどって来た。

ただ、独特の勘が働いたらしく、尾張藩邸にいる途中で心配そうな顔になり、何度も、

「吉通は大丈夫か？」

と、尋ねたりした。

「大丈夫ですよ。上さまはご心配要りませぬ」

月光院がなだめすかした。

だが、そこは幼い子どもゆえ、まもなくそのことは忘れ、江戸城にもどると、もらってきた仔猫を可愛がるのに熱中した。

村雨が気になったのは、その日、代参からもどった綾乃が足にひどい怪我をしていたことである。

警戒するため抜いた懐剣を、誤って太ももに突き刺してしまったのだという。

「大丈夫か、綾乃？」

若い娘ゆえ、傷口を見るわけにはいかないが、大奥に出入りする医師に五針ほど縫ってもらったらしい。

「はい。ただ村雨さまにお報せしなければならないことが」

「なんだ？」

「絵島や大奥の女中たちに接近するため、不思議な術を操る者が山村座に入り込んでいます」

「山村座のなかに……」

「絵島さまは生島新五郎という役者にべったりですが、その人が忍びの者かどうかはわかりません」

「不思議な術というのは？」

「片岡正太という役者が大きな布を幕のように操るのですが、それを開いたり、畳んだりするうち、意識が遠くなっていきます。わたしは、それにかかるまいと」

「やはり、誤って刺したのではなく、術にかかるまいとしたのか」

「嘘をついて申し訳ありませんでした」

「そんなことより、よく報せてくれた」

村雨は綾乃の腕を軽く叩き、若い娘とは思えない努力をねぎらった。

村雨は、綾乃の話を大奥同心の仲間たちに伝え、

「どうする？」

と、訊いた。

「うむ。山村座に侵入して、そやつを見てみることにしよう」

と、志田が言った。

「やはり水戸の忍者かな？」

「だろうな。芸事と忍びの術というのは、もともと近いところにあったらしい。故・水戸光圀公は、それらを新たに結びつけることを好んだとか」

「水戸光圀か」

柳生静次郎がつぶやいた。

その人となり、その凄さは、知る人ぞ知るという人物である。

幕府には、いまだにその名を聞いただけで震え上がる者も大勢いるらしい。

光圀は五代将軍徳川綱吉に、敵意を剝き出しにした。あわよくば将軍の座に座ろうという意志も明らかだった。

藩主を引退後は、忍者軍団を引き連れ、ひそかに全国を行脚した。それは綱吉の悪政を断じ、自らの出番の機運をつくろうという行為だった。

いまでも、全国津々浦々に、

「水戸の黄門さまに世直しを……」

という声は消えずに残っていた。

「頭領はわかるか？」

桑山が志田に訊いた。

「光圀公のころ、水戸の忍者たちを束ねていたのは、無阿弥という者だったはず。ただ、つねに能面をつけていて、どういう顔で、どういう術を遣うのかは、光圀公しかわからないという話だった」

と、志田が言った。

「山村座にはほかの忍びもいるのかな？」

桑山はさらに訊いた。

「どうかな」

「こっちから攻めてもいいが、歌舞伎の小屋で騒ぎを起こすからには、よほど敵を知っていないと収拾がつかなくなるぞ」

「確かに」

なにせ江戸っ子にもっとも人気のある娯楽の場である。小屋は日々、満員状態で、戦闘にでもなれば多くの町人たちが巻き添えを食うだろう。

「よし。ここは慎重に行こう」

と、村雨もうなずいた。

「それにしても、まさか吉通が敗れるとは」

柳生静次郎はよほど意外だったらしい。

「不思議な負け方をしたからな」

村雨も意外だった。

「疲労したのかな」

桑山はそう言ったが、

「いや、あれはなにかの術のような気がする」

と、志田は言った。

「吉宗が使ったのか？」

村雨が志田に訊いた。

「さあ、わからん」

「意外に面倒なほうが残ったかもしれぬ」

桑山は、生かして帰したことを悔やむように言った。

それは村雨も同感である。

なにせ紀州は熊野を抱えている。あそこから、とんでもない能力を持った忍者が次々に生まれて来るかもしれないのだ。

「だが、とりあえずいまは、だいぶ手薄になっているはず」

という志田の言葉に、

「うむ。遠からぬうちにこちらから攻めるべきだろうな」

村雨はうなずいた。

三

月光院が大奥の中庭で、家継を遊ばせている。

今日は遊び友だちの小夏が来ていて、二人で仔猫をかまったり、抱き上げたりしているのだ。二人とも犬より猫のほうが可愛いらしい。

そのわきに絵島が控えていた。

「絵島、大丈夫か？」

月光院はそっと絵島に訊いた。

「とおっしゃいますと？」

「なにか上の空のようだが」

「そうでしたか。失礼いたしました」

絵島は深く頭を下げた。

「絵島、大奥を束ねるのは、そなたしかいませんぞ」

「……」

絵島はふいにやさしい言葉をかけられ、戸惑いを見せた。

「このところ、なんとなく迷っているような顔をしているので、気になっていました」

「そうでしたか。申し訳ありません」

「なにかありましたか？」

「いいえ、とくには。ただ、わたしに大奥を束ねるような力があるのか、自信がなくなっています」

「そんなことはない。これまでもそなたがいてくれたからこそ、わたしはやって来られたのです。代わりはおりませぬ。頼みますぞ」

「はい」

胸に迫るものがある。

月光院とともに、この大奥を守ってきた。その自負も、感慨もある。

吉宗が将軍の座を狙っているのも事実だが、まさか家継を亡き者にしようとまで思っているとは、想像できなかったのだ。

だが、薄々気づき始めたとき、溝も生まれたのだろうか。

吉宗には会わなければならない。

だが、生島新五郎にも会いたい。

絵島の気持ちは千々に乱れるばかりなのだ。

とはいえ――。

大奥の監視はしっかりやらなければならない。

大奥同心の村雨から、数を把握していないと非難めいたことを言われた。

事実かもしれない。

月光院の前から下がると、

「早苗(さなえ)、浜路(はまじ)」

腹心ともいうべき女中を呼んだ。

この女たちは伊賀者である。くノ一なのだ。だが、大奥に入って三年、もう伊賀組というよりは絵島の部下と言ってもいいくらいである。

ほかにもくノ一は五人ほどいて、家継周辺の警護を担当している。

「絵島さま、なにか?」

二人はすぐにやって来た。

「大奥の女中たちをもう一度、洗い出すことにした。怪しい者は辞めさせます。下のほうの女たちを市中にもどし、大奥をすっきりさせるのです」

「わかりました」

「まずは名簿をつくるように。それから、全員をわたしが面接します」

絵島は本気だった。

四

吉宗は絵島に会いたい。

肉欲だけではない。会わなければならない。いま、家継の周辺はどうなっているのか。大奥同心はこの先、なにをしようとしているのか。紀州を徹底してつぶしにかかるつもりなのか。

絵島は、大奥同心に命令を発する立場でもあるはずなのだ。

とはいえ、間部や新井白石の意向も無視はできないだろう。

あるいは、現場にいる大奥同心の意見がそのまま通っていることも考えられる。

そうした実情を知りたい。

だが、いまやのこのこと城に行ける立場ではない。

──大奥の絵島に会いに行ける者は……。

方法はある。

「右京はおらぬか？」

吉宗は川村右京を呼んだ。

「なにか？」

慌ててやって来た。慌てること自体、この男の無能さを証明している。

「絵島につなぎをつけたい。大奥に潜入できるような、腕の立つくノ一はおらぬか？」

「おることはおりますが」

右京は渋い顔をした。

「江戸におらぬのか？」

「いえ、江戸に来ています」

「では、なんだ？」

「稀（まれ）に見る逸材でして、もうすこし育てたいのです。万が一、倒されでもしたら、さぞ悔やむことになるでしょう」

「そんな暇はない」

吉宗は冷たく言った。

「紀州の忍びも、いまやずいぶんと手薄になりました」

「そなたが言えるか？」

「え？」

「幸右衛門の倅のくせに、忍びの技は二枚も三枚も落ちるそなたが言えることか」

「……」

右京の顔が屈辱に歪(ゆが)んだ。

だが、吉宗の怒りが爆発した。

刀掛けから刀を取ると、いきなり真一文字に払った。

右京の額にさっと赤い筋が走り、血が滴り始めた。額の皮一枚を斬(き)ったのだ。

右京もそこはさすがに動揺を見せず、血が滴るままにじっとしている。

「わしはいま、追い詰められて瀬戸際にいるのだ！　なにがもうすこし育てたいだ！」

怒鳴りつけた。

「申し訳ありません」

「呼べ」

「すでに、ここに」

廊下で声がした。若い女の声である。

「ほう」

吉宗は感心した。なんの気配も感じなかった。

「出(い)でよ」

吉宗が命じると、姿を見せた。

短めの粗末な着物を着ている。飯炊き女のようである。じっさい、台所で見かけたことがあるかもしれない。

「名は？」

「ほのお、と申します」

まだ若い。ふくふくとした頬(ほお)には赤みがある。美女ではない。

「幾つだ？」

吉宗は訊いた。

「十六になりました」

「江戸城の大奥に潜入し、年寄りの絵島にわしが会いたがっていると伝えてくれ」

「わかりました」

ほのおの顔に決意がにじんだ。

五

大奥の台所の窓に、奥女中や飯炊き女たちが近づき、眉をひそめていた。

「あれは、なんでしょう?」

本丸から見える向こうの闇に小さな炎が浮かんでいる。そこは空中の、なにもないところのはずである。

ろうそくの炎のような小さな火。だが、赤みより、黄色っぽい感じがする不気味な炎である。

「人魂だったら、もっと青いよね」

「あたしも、子どものころ、見た覚えがある」

「狐火っていうやつかしら」

「ああ、怖い」

「このところ、大奥は平穏だったのに、またなにか起きるのかしら」

そのうちの一人が、

「大奥同心を呼んで来ましょう。あの人たちなら調べてくれるはず」

と、反対側にある詰所に駆けて行った。

だが、村雨と柳生静次郎が駆けつけたときには、小さな火はすでに消え失せていた。

「あのあたりに出たのです」

出ていたところが空中では、二人にも確かめようがなかった。

そのときすでに、台所には見たことのない飯炊き女が潜入していた。

紀州忍びのほのおである。

大奥同心の二人が去ってしまうと、ほのおはかまどの熾を片づけにかかった。

近くで奥女中の一人が遅い夕飯を食べている。忙しくて、出された夕飯を食べそこなったらしかった。

「え、なんだべ、この火は？」

と、ほのおが言った。

「どうしたの？」

奥女中が訊いた。

「かまどのなかに青い炎が見えてるだ」

「どおれ？」

奥女中は箸を置いて、かまどの前にやって来た。

「あれですだ」

ほのおが指差したかまどのなかを奥女中が覗き込んだ。

「ほんとだ」

小さな青い炎が揺らめいている。見たことのない炎の色である。

「きれいね」

「ええ」

だが、その炎を見つめていた奥女中は、ふいに力を失くし、ほのおにもたれかかった。

それからすこしして――。

「絵島さま」

絵島の部屋を若い奥女中が訪れた。ほのおである。

「え？　誰じゃ、そなたは？」

見覚えのない奥女中に目を丸くし、大声で警護のくノ一を呼ぼうとしたとき、

「吉宗さまの使いです」

と、ほのおは早口で言った。

嘘ではない証拠に、吉宗が絵島からもらった羽織の紐を見せた。

「そうなのか。よく、ここに潜入できたな」

「どうにか」

と、ほのおは言った。

「して、用は？」

「なんとしても絵島さまとお会いしたいと」

「吉宗さまが」

「いま、危機に瀕しておられます」

「やはり、そうなのか」

「先日は、尾張藩邸で危うく命を落とすところだったようです」

ほのおがそう言うと、絵島は瞠目し、しばらく言葉を失った。尾張藩邸でのできごとは、なにも知らされていなかったらしい。

「尾張藩主の吉通さまが亡くなったこととも関わりはあるのか？」

絵島は掠れた声で訊いた。

「吉通さまと戦って、かろうじて吉宗さまが勝利なさいました」

「そうか」

「それは大奥同心たちに嵌められ、戦わざるを得なくなったからだったとか」

「なんと」

「絵島さまは大奥同心を支配しておられるのでは？」

「それが」

「違うのですか？」

「このところ、どうもわたしに隠れてさまざまな策を遂行しているようなのだ。もしかしたら、吉宗さまとのことが知られたのかもしれぬ」

「まあ」

「だが、吉宗さまと関わりがあっても、家継さまへ反逆するとまでは考えておらぬのだろう。でなければ、おそばに置いておくはずがない」

「そうでしょうね」

ほのおはうなずいた。

「わかった。とにかく、吉宗さまには会おう。近々、わたしのほうから訪ねて行こう」

「はい」

「それと、先に伝えて欲しいことがある」

「なんでしょう？」

「大奥同心の村雨広という男は、かつて月光院さまと同じ長屋で育ち、恋仲になっていたのだ」

「まあ」

「もしかしたら、あの二人はいまもお互いのことを思っているのかもしれぬ」

「そうですか」

「村雨広は恐ろしく腕が立つし、智慧も働く。あの男が月光院さまのそばにいる限り、誰も手出しはできまい」

「では？」

「村雨と月光院さまの過去について瓦版などで噂をばらまき、村雨を大奥にいられなくしてもらいたいと」

「わかりました」

これでほのおの大奥での用は済んだ。

六

ほのおは抜け出すため、さっきの台所にもどった。奥女中と着物を替え、台所で眠らせておいたのである。まるでうたた寝でもしているように。

ところが、そこへちょうど奥女中の洗い出しを担当する者たちが来ていた。

「これ、なぜ、そのようなところで寝ている？」

「え？」

寝ていた奥女中が顔を上げた。

「おや、お前は……なぜ、そのような飯炊き女のなりを？」

「あ、さっき飯炊き女とかまどを覗いていたら……」

「曲者(くせもの)だ！　曲者が潜入しているぞ！」

大奥はたちまち大騒ぎとなった。

すぐに大奥同心たちが動いた。

「怪しい女中が向こうへ走り去りました！」

指差したのは、天守閣の石垣あたりである。

むろん天守閣そのものはないが、石垣の下には武器庫もあり、警戒は厳重なはずである。

「あ、あれを！」

屋根の上を飛ぶように走る影が見えた。西桔梗御門の建物である。

「しまった。門を抜けた」

志田が舌打ちした。

「志田とわたしが追う。桑山たちはまだほかにも曲者がいるかもしれないので、上さまのおそばに」

「よし、わかった」

桑山たちは大奥に引き返した。

村雨と志田が門から出た。

ここは三方につづいている。北の丸方面、西の丸方面、そして正面の吹上の森。

「どっちだ？」

村雨は三方の闇を見透かしたがわからない。

志田が地面に這いつくばり、耳をつけた。

「まっすぐだ。吹上の森に入るつもりか」

「よし」

吹上にはまったく明かりはない。

空にある半月が頼りだが、薄い雲があり、地上に降る明かりはわずかなものである。

それでも志田は、まるで昼間のように駆けている。

村雨も目に頼ったら、こんなに速くは走れない。音や匂い、風、あらゆるものへの感覚を研ぎ澄まし、ひたすら逃げる者を追う。

追う者は逃げる者より楽なのだ。そこが進める道だとわかるのだから。

――ん？

前方に小さな炎が見えた。

「村雨、行くな」

「ああ」

志田が足を止めるのと同時に、村雨も立ち止まって身を低くした。

吹上は森のほかに芝生のところも多い。草原のようなところもある。炎が見えるのは、その草原のあたりだった。

「なんのつもりだろう？」

と、村雨が言った。

「さあ。ゆっくり近づこう」

「よし」

村雨と志田は、十間ほどあいだをあけながら、徐々に前進した。

小さな火が宙に浮いている。周囲にはなにも見えない。

その火に向かって、志田が手裏剣を放った。

火が上に飛んで消えた。

一度、あたりは真っ暗になったが、ふたたび火がついた。

今度は左右、二十間ほど先に一つずつ火がついた。

「両側だ」

村雨と志田は、背中合わせになって、炎と向き合った。

相手は一人である。それは間違いない。

では、どちらかの炎のそばにいるのか？

「ん？」

両側の火が二つに分かれた。

それがさらに分かれた。これで、小さな炎は八つになった。

「どういう術だ？」

村雨が訊いた。

「わからぬ。単なる目くらましだとよいが」

志田も自信がなさそうである。

炎はまだ増えている。姿が見えないので志田も手裏剣を投げない。無駄に飛ばすだけになる。

「なんと……」

二人はまもなく、小さな炎の列に周りを取り巻かれていた。

「まずいな、志田」

「ああ、ここは草原だ」

いま、草原は枯れ果てているのだ。小さな炎は、すぐに大きな炎となって二人に迫って来るだろう。

「ほおら、来た」

炎はたちまち互いに手をつなぎ、大きな赤い円となり、じわじわと近づいて来た。

「気をつけろ。焦って飛び出すところをやられるぞ」

志田が言った。

「そうだろうな」

狙いは見当がついた。

「どうする？」

村雨が訊いた。

「ぎりぎりまで耐える。やがて、焼け跡に隠れるところはなくなり、敵の姿も見えるはずだ」

「なるほど」

さすがに志田である。こうしたときにも冷静に対応策を取れるのだ。

火が迫り、もはや着物に火が移ろうというとき、

「たあっ」

志田が、そして村雨が飛び出した。

「えいっ」

村雨の横からむささびのようにほのおが襲いかかった。

だが、目くらましのない勝負になれば、村雨の身の動きが違う。

振りかざしたほのおの手を取り、ひねりながら投げた。しかも、投げる瞬間に

は、ほのおの肋骨に強い当て身を入れている。

「あっ、あっ」

ほのおは苦しげに呻いた。肋骨の数本は折れている。

どうにか村雨のところから二間ほど遠ざかり、こっちを振り向いたが、もはや次の素早い動きはできないはずである。

「紀州か？」

志田が訊いた。

尾張の忍びはすでに機能していないはずである。水戸の忍びとは色合いが違う。炎を使う術は、熊野系に多いことから当たりをつけた。

「う」

かすかに表情が動いた。腕は立つが、実戦に乏しいのだ。

「まだ若いだろう。命を粗末にするな」

村雨が声をかけた。

志田が隙を見て飛びかかろうとしている。そうすれば、すばやく後ろ手に取って、捕縛できるだろう。

「余計なことを。わたしは忍びの者、命は惜しまぬ」

そう言うと、ほのおは短刀を喉（のど）に突き刺した。なんのためらいもない動きだった。

村雨は思わず顔をそむけた。

それからゆっくり近づき、遺体に手を合わすと、

「紀州も相当、追い詰められているな」

と、言った。若く、将来のある忍者を使い捨てているのだ。

村雨の言葉に、

「ああ、これだけ腕の立つ若いくノ一を送り込んで来るくらいだからな」

志田もうなずいた。

七

村雨は月光院のところへさっきの騒ぎが収まったことを報告に行った。

すでに家継は就寝し、月光院は隣の部屋で起きていた。報告したほうが、安らかな眠りにつけるだろう。

「もうご安心を」

「お疲れでしたね。大奥同心は、本当によくやってくれていますね」

月光院が言った。

「ええ、いまは、むしろこっちが攻めています」

「ついこのあいだまでは、攻められる一方というふうに見ておりました」

「攻勢に転じたのです」

「そうですか」

「うまく行っています。最後まで油断はできませんが、家継さまのお命を奪おうとする者たちを一掃して差し上げられるかもしれません」

大言壮語ではない。

いま、村雨は手ごたえを感じ始めている。

やはり攻めたのは間違いではなかったのだ。

「無理せずに」

「……」

村雨は声を出さずに笑った。

無理せずにできる仕事ではない。無理を重ね、命をなげうつほどの賭けに勝って、勝利を得るのだ。

だが、女にはわからない。それは仕方のないことだった。

村雨と志田がやって来たとき、絵島はすぐに、

――さっきの忍びが倒されたのだ。

と、悟った。

それでもどうにか、

「なにか騒ぎがあったようじゃな?」

と、訊いた。

「ええ。紀州のくノ一が忍び込んでおりました」

志田が答えた。

「そうだったか」

「幸い、城を抜け出す前に倒すことができましたので、そう大きな災いはないかと存じます」

「それはよかった」

「ただ、紀州がなんのためにくノ一を入れたか判然としませんので、絵島さまのところの警戒も強めさせていただきます」

「わたしの？」

「はい。伊賀者のくノ一を三名ほど、絵島さまに張りつかせますのでご安心を」

むろん、絵島を警戒するように命じてある。

「ご苦労であった」

絵島はそう言って、手を払うようにした。

もう、大奥のなかで自分ができることはなさそうだった。

八

大奥にはまだ敵のくノ一が入り込んでいる。

水戸の忍者おけいである。

おけいは大奥に出入りする呉服屋・後藤縫殿助（ごとうぬいのすけ）の長持（ながもち）を使って、出たり入ったりを繰り返していた。

当初、おけいは大奥の洗い出しを馬鹿にしていた。見つかるわけがないと。

だが、意外に厳しい。

すこしでもおかしなところがある者は、大奥から追放されている。いったん追放ということになれば、さすがに次は入りにくくなる。

「どうしましょう？」

水戸藩邸にもどったとき、頭領の無阿弥に相談した。

「大奥をかき回すか」

「かき回す？　また、踊らせるので？」

「同じことはやめたほうがいい。奥女中の数をいっきに減らしてしまえばいい。これまで確かめた者も再度、生死を調べ直し、しかも新しい女中を追加せざるを得なくなる。その仕事は、人形弥惣二にやらせればいい」

「弥惣二にそれほどの仕事ができますか？」

おけいがそう言うと、

「おいおい」

と、後ろでふざけたような声がした。

「弥惣二、いたのか」

おけいはいささか焦った。

「いまのはどういう意味だ？」

「なあに、人形一体を暴れさせて、大奥がどの程度の騒ぎになるのかと思ったのさ」

「そなたの技が上だとでも？」

弥惣二はムキになっている。

「……」

「人形は一体だけではないぞ」

「そうなのか？」

「そこにいるのも、そこにいるのも」

弥惣二はこの部屋の隅にいた下忍(げにん)の男たちを指差した。

「え？」

「わしが操る人形だ」

弥惣二はそう言って、すばやく手裏剣を放った。

三人の男たちが、額に手裏剣を受けたが、血も流さず、なんの反応もない。しかも、どういう仕掛けか、ふいに仰向(あおむ)けに倒れた。

三体とも人形なのだった。

「なんと」

これにはおけいも驚いた。

「ふっふっふ。江戸城を大騒ぎにさせてやる」

弥惣二は人形のような、気味の悪い笑みを浮かべた。

九

「弥惣二、見栄を張ったな」

おけいが消えたあと、無阿弥が弥惣二に言った。

「お頭、見栄はひどい」

「だが、大奥に人形を入れるのは、そうたやすくはない」

「確かに難問ではあります」

弥惣二はうなずいた。

「何体ほど操るつもりだ？」

「そうですな。いろいろな人形を使うつもりですが、およそ五十体ほどは持ち込みたいところです」

「五十体か。おけいも使っている呉服屋の長持に入れて持ち込んでも、せいぜい三、四体だろう」

「はい。まさか長持を十や二十も持ち込めるわけがないですから」

「いいことがある」

と、無阿弥は言った。お面の下で微笑(ほほえ)んだ気配がある。

「なんでしょう？」

「表や中奥では、茶坊主たちがさまざまな用を果たしているが、その茶坊主がいま、非常事態に備えて武芸の訓練をしている」

「訓練を？」

「うむ。列を組んで、汐見坂(しおみざか)だの本丸の周りなどをエイホ、エイホと掛け声を出しながら走ったりしている。あれなどは使えぬか？」

「本丸の周り？」

「さよう。茶坊主なら中奥までは入り込める。その先は大奥だ」

「無阿弥さまは、その話をどこから仕入れたので？」

弥惣二は不思議そうに訊いた。

無阿弥の正体は、手下の忍者でさえ知らない。おけいも知らない。知っているのは、おそらく綱條だけではないか。

頭領ながら、謎だらけの男なのだ。

「なあに、わしはどこにでも行けるのさ」

そんなわけはないが、

「それは使えそうですな」

弥惣二は嬉しげに何度もうなずいた。


翌日――。

大奥の廊下をネズミが走り回った。

「騒ぐでない」

くノ一の女中が手裏剣を放った。

ネズミは手裏剣を受けてもしばらく走り、止まったときになにか煙のようなものを噴き出した。

その煙を吸った女中が四、五名、次々に倒れた。

「贋のネズミだ」

「うかつに近づくでないぞ」

さらに――。

汐見坂で武芸の稽古をしていた茶坊主たちが、突如として向きを変え、大奥のほうへとやって来た。

「ネズミが出たって？　大変だ、大変だ、江戸城が大変だ」

茶坊主たちは皆、同じような顔をし、同じように動いた。

しかも、稽古のために持っていた木刀の鞘を払うと、刃が現れた。仕込み刀だった。

最初に啞然としている女中の胸を、いちばん端の茶坊主が突いた。

そこから、恐るべき殺戮が開始された。

奥女中たちを追い回し、刀で斬りつけた。

奥女中たちは次々に斬られ、大奥はたちまち血の海となった。

「どけ。わしらにまかせろ！」

桑山を先頭に大奥同心の四人が駆けつけて来た。

すぐに桑山が矢を、志田が手裏剣を放った。が、誰も倒れる者はいない。

村雨と柳生が剣を振るった。腕が飛び、顔が割れたが、動きは止まらない。

「どれも人形だ！」

いったい何人の茶坊主たちがいるのか。

横に十人ほど、縦にも十人ほど。さらに列は斜めにも延びている。

それが皆、同じような動きをしていた。一人の動きに操られているのだ。

操っているのは手足についた棒である。

「真ん中だ。おそらく真ん中の茶坊主が全員を動かしているのだ！」

村雨の言葉に、少し後ろに下がった桑山と志田が、矢と手裏剣を真ん中の茶坊主に立て続けに放った。

それでも茶坊主軍団の動きは止まらない。

「なんてことだ」

奥女中たちは逃げ惑うが、圧倒的な茶坊主軍団に追い詰められ、刀で斬られていく。

その先には、怪我が治っていない綾乃もいた。

「くそぉ」

柳生静次郎が凄まじい速さで剣を振るい、手前の茶坊主数人をメッタ斬りにするが、なにせ人形である。

手足を飛ばしてもまだ動いているし、邪魔になって中心部までは辿(たど)り着けない。

「どうする、村雨？」

桑山が途方に暮れたように訊いた。

――そうだ。

村雨は畳に這いつくばって、茶坊主たちの足元を見た。これだけの数の人形を操るには、動きが滑らかでなければならない。そのためには、人形の足を床面につけてはいけない。

つまり、床面に足がついている者だけが本物。

「あれだ。あれが本物だ！」

村雨の指示にふたたび矢と手裏剣が放たれた。

茶坊主軍団は突然、動きを止めた。

十

――逃がさぬぞ。

城からくノ一が逃走した。

茶坊主の人形軍団が意外に早く仕留められたのを見て、逃げ出したのだ。

そのくノ一を志田小一郎が追っていた。

着物姿のまま、くノ一は門をするりと抜けて行く。

門番は誰も止めない。ちゃんと隙を見て、門番たちの視界から逃れながらすり抜けているのだ。そのつど、なにか注意を逸らしたり、目くらましのようなことはしているのだろう。

ついには堂々と大手門を出た。

「こやつはたいしたものだ」

このあいだのくノ一も腕は立ったが、まだまだ未熟だった。

今日の相手は成熟している。動きに余裕がある。

くノ一は呉服橋御門から江戸の町に出た。

呉服町の通りを抜けて行けば、通一丁目と二丁目のあいだ、天下の東海道の道筋でもある。

大勢の人が行き交うところを、くノ一が足早に進んだ。

志田は見失わない。人込みに紛れようが、ふいに角を曲がろうが、くノ一の動きを読み切って、ぴたりとついていた。

やがて、くノ一は山村座に潜入した。

——こんなに人が大勢集まるようなところを忍びの拠点にするだろうか？

志田は意外だった。

ここへの突入は慎重にしようと、そう言いかわしたことも思い出した。

だが、志田は木戸銭を払い、小屋のなかへ入った。

舞台では今日も生島新五郎が主役を演じる芝居が繰り広げられていた。

「人の情けも消えた浮世じゃ。暗いこと、暗いこと」

朗々たる声がしていた。

絵島の心を捉えた役者である。

むろん、美男役者が捉えるのは、大奥の男に飢えた女中だけではない。巷の女たちも、老練な美男役者の流し目に、きゃあきゃあと喚き、身悶えしている。

志田はさっきのくノ一を捜した。

だが、見つからない。

うぉーっ。

と、客席から歓声が湧いた。

芝居が終わったのだ。

「よかったなあ、今日の生島は」

「ほんと。あたしはもう、おなかのあたりがきゅんきゅん言ってたわよ」

客たちは興奮をにじませながら、外に出て行く。

まもなく、皆、いなくなり、志田だけが客席にいた。

小屋のなかは静まり返っている。

役者たちは皆、楽屋に引き揚げたのか。

志田は閉じられた幕を開け、舞台に上がった。楽屋はその裏にあるはずだった。

――ん？

右手から能面をつけた男が現れた。

鼓の音が聞こえた気がしたが、それは気のせいだろう。ここは歌舞伎の小屋である。そこに能面の男は、ひどく場違いではないのか。

さっきのくノ一の姿はない。ほかに人の気配もない。

「大奥同心の一人か。のこのこ現れるとはな」

「……」

志田は腰の刀に手をかけた。

うかつに入り込んでしまったのを後悔し始めている。ここは無理せず、斬りかかると見せて逃走したほうがよさそうである。

「わしが無阿弥だ」

そう言って、無阿弥はいきなり能面を取った。

「え？」

意外な男がそこにいた。呆気に取られ、逃げる機会を失した。

「お前が無阿弥？」

「そういうことだ」

無阿弥が、
どん。

と、足踏みをした。その響きが、床から志田の脳天まで伝わった。すると、視界が痺れたように揺れた。

――え？

味わったことのない衝撃だった。

どん、どん、どん。

無阿弥が足踏みしながら近づいて来た。能の動きだろう。音がするたび、志田の脳に殴られたような衝撃が走り、身動きすらできなくなった。

「なんと」

もう無阿弥は志田の目の前にいた。

無阿弥は小刀を抜き、志田の腹にすっと差し入れ、円を描くように内臓をえぐった。

十一

逃げたくノ一を追って行った志田小一郎が、三日経(た)っても戻らない。

いっきに敵の拠点にまで潜入し、張りついたのかもしれない。忍びには珍しくない。そのままひと月も動かなくなることもある。

だが、潜入せよという指令は誰も出していない。

しかも、大奥同心はいま、刻々と変わる状況を把握するため、逐一、動向を報告することが必要なのだ。それを志田が忘れるはずがない。

嫌な予感がした。

だが、村雨も桑山も柳生も根っからの武芸者である。

自分たちがつねに死と隣り合わせにあることは覚悟している。

二日目の夜には、もう、覚悟はできていた。

おそらく、志田は倒されたと。

案の定だった。三日目の朝に、伊賀者が大奥同心の詰所に飛び込んで来た。

「大変です。能舞台に」

「なに」

村雨たちは、本丸表に向かった。

江戸城本丸の大広間の近くに、能舞台がつくられている。

能は、江戸城内のさまざまな儀式につきもので、この舞台も城内で有数の聖なる場所であった。

その舞台に、男が倒れていた。

能衣装をつけ、面をつけている。

ぴくりともしないのは死んでいるからである。

面を取った。

「志田……」

志田小一郎の変わり果てた姿だった。

これまでの闘争の数々が胸に去来する。

信頼し、頼りにした仲間だった。

悲しみに耐え、

「いつ、ここに？」

村雨は近くにいた茶坊主に訊いた。

「さあ」

たとえ大奥からは遠いとはいえ、本丸に曲者が潜入し、死体を置いて行ったのである。

「水戸の忍者がこれほどとは」

と、村雨は呻(うめ)いた。

「あの光圀が手塩にかけて育てた忍者たちなのだ」

桑山もこぶしを震わせながら言った。

第五章　生　島

一

水戸藩主・徳川綱條は、〈後楽園(こうらくえん)〉と名づけられた藩邸内の広大な庭を眺めながら、先代光圀の鋭い眼光を思い出していた。

光圀は、綱條の実父ではない。血のつながりで言えば叔父である。光圀には、跡継ぎは血にこだわらぬという方針があり、加えて本来、水戸藩主になるはずだった綱條の兄が亡くなったりして、結局、綱條が三代目の水戸藩主となったのだった。

怖い父であった。

なにが怖いと言って、隠し持った徳川宗家に対する反逆の志が怖かった。あの人は、なにをしでかすか、読めないところがあった。若いとき、ひどい悪たれだったらしいが、その気質は素行が改まったあとでも、ずうっと持ちつづけていたはずである。

光圀は、隠居後、水戸の北およそ十里のところに〈西山荘〉という家を構えた。ここで、水戸家から将軍を出すにはどうすべきかについて、日々、策略を巡らした。

それればかりか、有能な忍びの軍団を引き連れて、諸国を行脚した。もちろん非公式なものだったが、それは言い伝えや噂として、各地に残っているはずである。もしも光圀があと十歳若かったら、いくさもすることなく自然な流れで、天下を乗っ取っていたかもしれない。

だが、光圀は体調を崩し、死の床に就いた。最後に光圀を取り巻いたのは、綱條と自ら手塩にかけて育てた水戸忍びの者たちだった。

「いよいよこの世に別れを告げる日が来たようだ」

光圀は、土気色になった顔で、苦しげにそう言った。

「父上、そんな気弱なことはおっしゃらず」

「気弱ではない。自分の身体のことは、自分がいちばんわかっている」

綱條に返す言葉はない。

光圀は、自らの体調を見るということに、多くの努力を費やしてきた人でもある。唐土の医学の書にも目を通し、食べるものにも気を使い、さまざまな健康法を実践した。自らの体調すら管理できない者に、政などできるわけがないとも公言してきた。

その光圀が言うのだから、今日、この世を去るのは確かなのだろう。

「綱條、そなたに問う」

「なんでございましょう？」

「そなた自身が将軍の座をめざす気はあるのか？」

「わたしが将軍に……」

果たして自分が将軍にふさわしいのか、そうした疑問が脳裏を駆け巡った。光圀の背中を見つづけてきたら、光圀すらなれなかった地位に自分が坐るという自信は、とてもじゃないが持てるものではない。だが、ここは光圀を喜ばせるべきだろう。

「どうじゃ？」

「あります」

そう答えると、光圀の顔に喜びが広がった。

「よくぞ、申した」

「はい」

「では、一つ手立てを教えよう」

「手立て？」

そんなものがあるのか。綱條は思いもつかなかった。

「もし将軍の座を狙うなら、大奥から入れ」

「大奥でございますか」

「春日局がつくり上げた大奥は、江戸城の弱点になった。入り込む布石はすでに打ってある。乗るか乗らぬかは、そなたの技量次第だ」

「わかりました」

「おけい」

光圀はくノ一のおけいの名を呼んだ。

とくに可愛がったくノ一であり、忍びの腕も卓越したものがあると言われていた。

「はい」

おけいは膝を進めた。

「わしに花畑を見せてくれ。そなたの花畑のなかで死にたい」

「わかりました」

おけいは、ほかの者たちの視線があるのも気にせず、すばやく素っ裸になり、白い裸身を翻すと、すばやく光圀の床へと入った。それは慣れた行為であったらしい。

すぐに光圀の耳元に口を近づけ、なにか囁き始めた。

まもなく、光圀の顔が歓喜で打ち震え、

「ああ、きれいじゃ」

そう言って、目を閉じたのだった。

以来、十六年——。

綱條はなかなか機会を得られずにいた。

水戸家は綱吉と柳沢吉保に睨まれ、密偵たちの厳しい監視下に置かれたのである。おそらくその監視は、尾張や紀州に対するそれと比べても、格段に厳しかったはずである。それほどに、光圀は綱吉にとって怖い存在だったのだ。

だが、ついに綱吉も亡くなり、幼将軍が誕生するに及んで、ようやく水戸家が動き出す機運が高まってきた。

そして、いざ動き出してみると、光圀の予言がまさに正鵠（せいこく）を射ていたことを痛感したのだった。

二

絵島には久しぶりの外出になった。

寺への代参ではない。大奥へ新たに来てもらう医者との面接で、麹町（こうじまち）まで出向くことになったのである。

その医者は、血の道の病に関して素晴らしい腕を持っているという。大勢の女が暮らす大奥にぜひとも往診に来てもらいたい。

ところが、この医者はたいそうな繁盛ぶりでなかなか家を空けることができない。それで駕籠などをすべて手配するから、月に三度、夜の往診をしてくれないかと、絵島がじかに頼み込むことになったのだった。

麹町は、紀州藩上屋敷のすぐそばである。

絵島は女中に、吉宗への文を届けさせた。

女中はすぐに返事をもらって来た。昼食は、麴町六丁目の料亭〈竜児〉で取れと。

寺への代参ではないので、今日は護衛の武士と小者を入れて六人ほどしかいない。

料亭に行くと、すでに部屋が用意され、絵島は一人、離れの部屋に入った。吉宗が待っていた。

「お久しぶりです」

「ああ、そなたに逢いたかった」

いきなり抱き締められ、口を強く吸われた。

むろん、こうなることは予想していた。

すぐに身体が溶けてしまう。

だが、身体を裏切るように、顔を背けて、

「いけません」

と、絵島は苦しそうに言った。

「なにがいけぬ」

「吉宗さま、お疲れのご様子」

絵島は、逢ってすぐにそう思ったのだ。

目の下に隈。かなり痩せて、頰がこけている。

「そう見えるか？」

吉宗は、絵島を抱きすくめた腕をほどき、真剣な顔で訊いた。

「ええ」

「わしはひどく追い詰められている」

吉宗は額に手を当て、苦しそうに言った。

あの自信に溢れた吉宗ではなかった。

「誰に？」

「むろん月光院の一派だ。間部、新井白石も思いのほか手ごわい。そして、大奥同心ども」

「申し訳ありません。だが、一人、減りました。わたしの部下ということだった志田小一郎という者が倒されました」

「倒したのは誰だ？」

「吉宗さまではなかったので？」

「違う」

「まさか、同じ大奥同心の桑山や村雨に？」

だから自分はこうして蚊帳の外に置かれてしまったのか？

「いや、それはあるまい。やつらの結束は固かったはずだ」

「尾張さま？」

「尾張は吉通がわしと戦って敗れ、忍びの者もほぼ壊滅した」

「吉通さまが亡くなられたのは聞きました。まさか、吉宗さまと戦ったとは」

「わしは危うかったのだ。まさか、勝つとは思わなかった」

「そうでしたか」

「そしていまも、形勢を逆転できずにいる。だから、志田という者をやったのは、水戸だろうな」

「水戸家が……」

絵島には意外だった。

御三家のなかでも、水戸家は石高も尾張、紀州に比べ、大きく下回るのだ。

「水戸は伏兵だった。だが、いまはいちばん天下に近いかもしれない」

「まあ」

「絵島はわしが好きか？」

吉宗はすがるような目で訊いた。

「はい」

じつは、わからない。わからなくなってしまっている。

だが、いま、わからないとは言えない。

「わしのために働いてくれるな」

「まさか、わたしに家継さまを」

暗殺してくれと言うのか。

「いや、そなたにはできぬ。やる前にかならず逡巡する。それで見破られる」

「では、なにを?」

「紀州のくノ一を大奥に入れてくれ。このあいだ、そなたのもとに遣わしたくノ一は倒されてしまったらしい」

「はい。大奥同心にやられたようです」

「やはり、急に入れても駄目なのだろう。つねにそなたのそばにいられて、しかも外とを出入りできる者を五人ほど潜り込ませたいのじゃ」

「ああ」

確かにそれは吉宗にとって益すること大だろう。むしろ、いままでしてこなかったことが不思議である。それを早くしていれば、いまこんなに苦労していなかった。

おそらく吉宗は、なまじ自分の力、剣の技に、自信があり過ぎたのだ。

「やれるな？」

「ですが、奥女中の身元改めはきわめて厳しく、わたしの腹心ですら、里帰りを命じられたりしています」

絵島が中心になって始めたことである。

それがいつの間にか伊賀者によって進められ、いまの絵島は報告にうなずくことくらいしかしていない。

「やはり、無理か」

「大勢は難しいかと」

「とりあえず、わしとそなたの連絡をつけることができる者を一人」

「一人くらいなら」

と、絵島は了承した。昔の友人にどうしてもと頼まれたことにしよう。

「絵島。なにか、わしにして欲しいことはないか？」

「して欲しいこと？」

「このところ、そなたにはなにもしてあげられぬ。してもらうことばかりだ」

「では」

「なんじゃ」

「わたしの実家を引き立てていただければ」

「わかった。それと」

絵島の手を取り、引き寄せた。

吉宗の岩のような身体が絵島に迫る。

――生島に夢中であるくせに、吉宗にも操られるわたし……。

絵島は、自分の気持ちの怪奇さに呆(あき)れる思いだった。

三

絵島が外出から大奥へもどって来た。

何喰(く)わぬ顔はたいしたものである。

今日の動きは、村雨広と柳生静次郎がずっと尾行していて、吉宗と会ったことも この目で確かめた。志田小一郎亡きあと、村雨が尾行の役を務めることが多くなっている。

——吉宗と会うとは、どういうつもりなのか。

綾乃によると、絵島は役者の生島新五郎に夢中だという。綾乃の目は信頼できる。

だが、絵島は吉宗とも密会している。

単に多情なのか。

あるいは、よほど得るものがあるのか。

だが、大奥の女が欲にかられてもできることはそうはない。

もしかしたら、実家に利するのかもしれない。絵島の実家は確か旗本だったはずである。元の育ちは、長屋住まいの浪人の子だった月光院よりはるかに上なのだ。

「これはやはり月光院さまに報告すべきだろうな」

確実な証拠をつかむまで、月光院に話すことにはためらいがあった。

月光院は衝撃を受けるはずである。それくらい、いままで二人は協力し合って、いろいろな危機を乗り越え、大奥をつくり上げてきた。二人のあいだには、固い絆ができている。

だが、もう、絵島の裏切りは明らかなのだ。

桑山とも相談し、村雨が話すことになった。

どうも、月光院さまは村雨の話をいちばん真剣に聞くというのが、桑山の見解だった。

「では、話してくる」

と、村雨は奥の間へ向かった。


村雨を見送った桑山と柳生は、ほかの女たちの動向を見てまわった。

夕刻は、大奥の女たちにとってゆっくりできるときである。それぞれ、自分の好きな道楽にふけっている。閉ざされた大奥という場所で、女たちはじつにさまざまな道楽を持っていた。

桑山はふと足を止めた。

鋏(はさみ)をすばやく動かしている女中がいて、その手つきが目に留まったのだ。

切っているのは、色鮮やかな折り紙である。それを幾重にも畳んだものに鋏を入れていくのだ。

その、女らしい鮮やかな手つき。

切ったものは箱のなかにある。どれも花びらのかたちをしている。

「ずいぶんたくさん切ったな」

「はい」

「そんなに切ってなにをするのだ？」

「お祝いごとのときに撒くのです。こうやって」

女中は花びらをひとつかみ、宙に抛った。

花びらは宙でばらばらになり、ひらひらと舞い降りた。そのさまは、本当に花びらが散るようである。

桑山は思わず、それに見とれた。

「きれいでございましょう」

「うむ」

「息が詰まる思いです」

「息が詰まる？」

女は桑山の耳元で言った。

「息が詰まる？」

「ええ。駆けたあとのときのような、はっはっはって」

女の息がかかった。花のような匂いがした。

「そんなふうにはならんがな」

　桑山は笑った。

　そう若くもなさそうだが、無邪気な女だった。

「そうですか?」

「ま、しっかりやってくれ」

　桑山はそこを立ち去った。


「月光院さま。絵島さまのことでご相談が」

　村雨は、家継と独楽回(こままわ)しをしていた月光院に声をかけた。長屋育ちの月光院は、独楽などは周囲がびっくりするくらいうまい。家継の視線には、感嘆と尊敬がある。

「なんでしょう?」

「絵島さまは、今日、紀州の吉宗公とひそかにお会いになっておられました」

「吉宗どのと?」

「初めてではありません」

「なんの用で？」

「それはわかりません」

「上さまへの支援をお願いしていたのでは？」

「われらに内密にですか？」

「それは変ですね」

「申し上げにくいのですが、絵島さまは信用できませぬ。男によって信念まで揺らぐお方と存じます」

　村雨がそう言うと、月光院はかすかに微笑んで、

「村雨、女というのはそういうものですよ」

　と、言った。

「そういうもの？」

「だから、女は男で信念まで揺らぐのです。わたしもよくわかります、そういう女の気持ちは」

「ですが、大奥の年寄がそれでは困りましょう」

「それはわたしたちが、しっかり見ていればいいこと。わたしと絵島はずっと苦労して、大奥をつくり上げて来たのです。いまさらつまらないことで結束を崩し

たくはありません」

「では、絵島は?」

「まだ、大奥に置きます」

月光院はきっぱりと言った。

村雨にそうは言ったが、月光院にはやはり衝撃だった。

まさか、絵島が家継をどうこうしようとする陰謀に加担するとは思わないが、村雨にも言ったように女ごころは弱い。

男の言うことを信じてしまうのだ。

吉宗になにを言われたのか。

絵島に裏切られたら、どうしようもない。あらゆる警戒を潜(くぐ)り抜け、家継に接近することができるのだ。

——だが、まさかそこまでは……。

月光院は不安に打ち震えた。

四

大奥周辺の闘争が一段落したかのように、平穏な日々が流れた。

志田小一郎が倒されてから半年近く過ぎようとしている――。

村雨は志田の仇を討つつもりだが、それよりは家継と月光院を守ることを優先しなければならない。

だが、木挽町の山村座は、どうしても気になる場所であった。

村雨、桑山、柳生静次郎の三人は、いま、山村座の前にいた。

小芝居や見世物の小屋が立ち並ぶ木挽町の、中心的な存在である。

たいそうな人だかりである。

絵看板を見ながらうっとりしている年増女や若い娘も多い。名前だけの看板もずらりと掲げられている。

生島新五郎、市川團十郎。

村雨はその二人しか知らない。

巨大な櫓の下に木戸がある。その木戸番の若い衆が、

「面白いよ。今日はまた、役者が乗ってるよ」

と、声を張り上げている。

江戸三座の一つとして、たいした人気を誇っている。座元は山村長太夫(ちょうだゆう)だが、いちばんの看板役者は生島新五郎である。

その生島のことは、綾乃から聞いていた。若い娘は、歌舞伎役者のことなら下手な密偵が調べるよりはるかに詳しい。

「生まれは大坂だと言われていますが、どうもはっきりしないようです。十四、五で山村座の舞台に立ち、二十歳(はたち)のとき生島新五郎を名乗って、人気役者になりました。天性の美貌に加え、人情の機微を演じる和事(わごと)の名人とも言われて、二十数年、歌舞伎界に大看板として君臨してきました」

「ほう」

「芸についても熱心で、二代目の市川團十郎がいまの芸を完成させたのは、生島新五郎の的確な忠告があったおかげだとも言われています」

「美男だけが売り物ではないわけか」

「若い役者や小屋の関係の者たちからは、上さまと呼ばれています」

「上さま？」

それはまた不穏当な呼び名ではないか。

「それだけ絶大な権力を持っているのでしょう。つまり、ただの美男役者ではない、一癖ある人物なのかもしれません」

綾乃はそう言っていた。

その生島新五郎が主役を演じるという芝居は、今日もやっているらしい。

「なかに入ってみるか？」

桑山が言った。

「ううむ」

村雨は迷うところである。

本当にここが水戸忍者の隠れ家のようになっているのか。志田小一郎は、ここまで消えたくノ一を追って来たのか。そして、このなかに入ったのか……。

「今日はやめておいたほうがいい」

柳生がそう言って、引き揚げることになった。確かに、用意もなしに踏み込んだりすれば、騒ぎになったとき、大勢の犠牲者を出してしまう。こうした町の騒ぎは、江戸中の空気を不安なものにする。

とはいえ、機を見て、水戸への攻撃を開始しなければならない。月光院にとって、水戸は最後の大敵なのだ。

志田は、水戸忍者の頭領が、無阿弥という名だと言っていた。その名から察するに、能楽と関わりがあるのだろうか。

——能とはなにか。

村雨はまったく知らない。

その真髄を忍びの技に取り入れるということは？

村雨は間部詮房と会って、いろいろ訊いてみることにした。

いまをときめく老中・間部詮房は、かつては猿楽師（能楽師）だったのである。

これには、桑山と柳生も同席した。

「なんじゃな、わしに訊きたいこととは？」

間部は穏やかな口調で訊いた。

「どうやら、水戸の忍びを統べる者は、無阿弥と名乗っており、能に通じた者ではないかと思われます」

「なるほど。だが、それは意外ではないな」

「とおっしゃいますと？」

「能を大成したのは観阿弥・世阿弥の父子だが、彼らは伊賀の服部氏の出身なのだ」

「そうでしたか」

「猿楽の芸と、忍びの術が近いとまでは言わぬが、見る人が見れば、どこかに似たところを感じ取るのかもしれぬ」

「ははあ」

「そなたたち、見てみればいい。お城の能舞台でいまから誰かに舞わせよう」

「それはぜひ」

村雨たち三人は、間部の後について、本丸表にある能舞台へ行った。

間部が声をかけると、猿楽師たちはつねに待機しているのだろう、たちまち準備が整えられ、村雨たちは能を見学した。桑山は何度か見ているが、村雨と柳生静次郎は初めてだった。

「初めてだとわかりにくいだろうが、いくつか抜粋したものを見てもらおう」

間部がそう言うと、演者たちは相談し合って、代表的なものらしい幾つかを舞ってくれた。

不思議な舞台であり、不思議な話だった。

間部が解説してくれたが、『高砂』『安達ケ原』『敦盛』という演目から一部をやってくれたらしい。

「どうじゃ？」

という間部の問いに、

「いやはや幽玄の世界に引き込まれました」

と、桑山は答え、

「よくわかりませぬが、なにやら奇妙な世界でしたな」

と、柳生静次郎が言い、

「足の動きや、鼓や笛の音の使い方など、興味津々でした」

村雨広はそう言った。

じつは、正直、さっぱりわからない。だが、いろいろ学ぶうちにわかってくることは多いだろう。剣術と似た深みはあるのだろう。

ただ、間部が教えてくれた世阿弥の言葉というのは、しばらく枕頭の書としたいくらい、幽玄なものだった。

間部はいくつも教えてくれたが、村雨には次の三つの言葉がいちばん心に残った。

「住するところなきを、まず花と知るべし」

「離見の見にて見る」

「秘すれば花なり」


なんとも意味ありげな言葉だった。

考えれば考えるほど深い。そして、確かにどこかで忍びの技と結びつくような気がした。

五

なにかと行事が多くて慌ただしい年末年始が無事に過ぎると、絵島は月光院に呼ばれ、

「寛永寺、増上寺の両山に参っておくれ」

と、頼まれた。

大奥では、代々の将軍の墓がある上野の東叡山寛永寺と、芝の三縁山増上寺の

ことを両山と呼び習わした。

「わかりました」

絵島はつい顔をほころばせた。

久しぶりの外出である。だが、

「帰りは芝居見物でもしてくるといい」

という月光院の言葉に、

「よろしいのですか？」

絵島は思わず訊き返した。

むろん、そうするつもりだった。だが、どこかに後ろめたさがあった。奥女中たちの鬱屈を晴らすため、という言い訳も空しい。

それが、月光院の勧めがあれば、気分はまったく違ってくる。

堂々と生島新五郎と会えるのである。

「いいとも。いろいろと面倒なことが多く、絵島も疲れたでしょう」

「そんな」

月光院のやさしい物言いに、絵島は逆に臆（おく）した。

去年の秋に、古い知人の娘ということにして、吉宗に頼まれたさつきという娘を大奥に入れた。

自分の責任で入れたが、しかしこの娘がどんな使命を帯びて入って来たのか、絵島はわからない。

おそらくは吉宗とのあいだを行き来しているだけだろうが、大奥同心の目をちゃんとかいくぐっているのか、そうしたことすらわからない。

もし、その娘が疑われ、さらにそのうえで代参を命じられたとしたら……。

――わたしはこの大奥に、二度ともどることができないかもしれない。

そう思ったら、絵島はこの大奥が、自分にとってかけがえのない場所であったように思えてきた。

美貌を讃えられた絵島が、若き日のすべてを捧げてつくり上げてきた大奥。

絵島がいなかったら、女中たちは不平だらけの妄執の集団に堕していたかもしれない。

だから、そんな絵島を月光院は見捨てない。

どこかにそんな確信があった。

たとえ絵島が月光院を見捨てることがあっても。

――わたしが月光院を見捨てる？

絵島は、これからなにをするつもりなのか、一瞬、自分の気持ちがわからなくなった。

六

水戸綱條は、意外なところにいた。

木挽町内にある家である。

大名がひそかに持つ町屋敷というやつである。むろん、家の持ち主は、名義上、家来の兄弟や姉妹だったりする。だが、じっさいは藩主がお忍びで使っていたりする。

ここから気軽ななりで、吉原に行ったり、芝居や相撲を見物したりするわけである。

町に住む連中からしたら、なにをわざわざ——と、思うことだろう。広々とした贅沢な屋敷に住みながら、こんなごちゃごちゃした町にいなくてもいいではないかと。

だが、大名屋敷などというのは、あれでなかなか鬱陶しいところなのである。

だいいち、政務というものがある。たとえ、自分ではなにひとつしなくても、家臣の報告を聞き、書類に目を通し、了承したしるしに名や花押を書いたりしなければならない。

その政務から解放されるだけでも嬉しい。

さらに町人たちの、ざっかけなくて、出鱈目(でたらめ)な暮らしのただなかにいて、その雰囲気を享受できるのである。芸者だって呼べれば、夜の町を流す夜鳴きそばだって食べることができる。

こんな楽しいことはない。

この町屋敷に、いまは無阿弥がいて、

「殿。もはや準備は整いました。まもなく大望は叶(かな)うことでしょう」

と、言った。

「と言うと？」

「大奥の絵島が出ます。そして、この近くの山村座に立ち寄るでしょう。そこで最後の仕掛けをし、いよいよ家継を亡き者とします」

「では？」

「いまや、尾張も紀州も敵ではございませぬ。将軍の座に就くのは、綱條さまに違いありませぬ」

「やっと、その機会が来たか」

綱條は胸が躍った。

夢は持ちつづけなければならない。こんな歳になっても、夢が叶うことがあるのだ。

「遅くなって申し訳ありません」

「いや、そなたの周到な仕掛けに感じ入ってしまう。よくやった」

「いえ、亡き光圀さまもお喜びになりますでしょう」

そう言って、無阿弥は面を外し、涙を拭いた。

稚児として光圀に可愛がられてから、まるで神仏のように絶対的になった光圀への忠誠。それが完成する日がついにやって来るのだった。

七

正月十二日――。
ゆうべから雪が降り出していた。

大粒の雪で、朝、明るくなってきたとき、すでに五、六寸ほど積もっていて、まだまだ熄む気配はなかった。

その雪のなかを紀州藩邸にいた吉宗の前に現れたのは、大奥に入り込ませているくノ一のさつきだった。

さつきはこれまで川村幸右衛門が育てたような異様な体術を持つ忍者ではない。ただ、さつきは奇妙なくらい、自分の気配を消せるのだった。

小柄な身体というのもあるだろう。容姿のどこを取っても、ほとんど特徴というものがないことも大きい。

どこにいても、いるのかいないのかわからない。

技というよりは資質なのだろう。

それは、大奥というところを出入りするのに、もっとも役に立つ資質だった。

そのさつきが、絵島からの伝言を持って来た。

「本日、絵島さまが代参で両山に行かれます」

「絵島が？」

絵島はいま、明らかに警戒されている。おそらく自分とのあいだも疑われている。

したがって、代参に出されるなどあり得ないはずなのだ。

「おかしいな」

と、吉宗は言った。

「そうですか？」

「絵島はなにか申しておったか？」

「いえ、とくには」

なにか変わった動きがあるときは報告するようにしてあるので、それで連絡をくれただけなのだろう。

「大人数か？」

「両山への参詣ですので、百人ほどになるかと」

大奥では、人数の多さが格式を表すのだ。

「そなたもいっしょか？」

「はい。途中で抜け出して参りました」

雪が降りしきっているため、行列を抜けるのはいともたやすいことだった。百人近い行列のなかから、角を曲がった拍子に見物人になりすますだけでよかった。

「そのあとは？」

「木挽町の山村座に」

どうせ役者たちと飲んだり騒いだりする。さつきはふたたびそこに紛れ込むつもりだった。


さつきが去ったあと、吉宗は思案した。

──この時期、なぜ、絵島が大挙して外に出ることが許されたのだ？

おかしな話だった。

仕掛けてきたのだ。家継周辺の者たちが、絵島の代参を餌になにかしようとしているのだ。

──絵島はどうなる？

もしかしたら、大奥から追い出されるのではないか。それだけで済めばいい。

もしかしたら、命も奪われる。

だが、それだけが目的なら、大奥のなかで処理してしまえばいい。

なぜ、外に出す？

山村座か？

絵島はこのところ、外に出るとかならず山村座に立ち寄っていた。

——山村座になにかあるのか?

わからないことだらけだった。

やがて、川村右京を呼び、

「出るぞ」

「この雪のなかを?」

戦いに雪もへったくれもない。吉宗はどうしようもないこの男の無能さを内心で嘲笑った。

「ああ、そなたも参れ。命がけの戦いになるやもしれぬ」

と、命じた。

なんなら、こんなやつはいなくなってくれたほうがありがたい。幸右衛門の忠誠に報いるために置いているだけである。

「殿、どちらに?」

「木挽町の山村座に」

右京は不思議な顔をした。

八

寛永寺、増上寺の代参は、略式と言ってもいいほど、簡素におこなわれた。読経は短く、食事を出すこともなかった。僧侶たちも、雪が降るなか、お女中たちも冷えるでしょうと、むやみに引き留めることはしなかった。

二つ目の増上寺を出るとまもなく、絵島の駕籠の前に、

「山村座のことは、わたしがすべて段取りを」

という者が現れた。

大勢の女中が動くのだから、さまざまな手配がいる。

「そなたは？」

絵島は問い質した。

「奥山喜内（おくやまきない）と申す者で、水戸家で禄（ろく）をいただいております」

「水戸家の方がなぜ？」

「じつは、生島新五郎とは古くからの友人でして」

「そうでしたか」

「これは生島から預かったもの」

と、奥山喜内は絵島に扇子を手渡した。

「ああ」

見覚えがある。

「開いてみては？」

「おや」

扇子を開くと、これも見覚えのある字で、

「はよ、おいでなされ」

と、書いてあった。

「生島は、格別、待ちわびているようでした」

「そうですか」

できるだけさりげなく答えたが、絵島はすでに夢見るような思いである。

雪のなかを、派手な色彩に溢れた大奥の一行が芝居町と呼ばれる木挽町の通りに入って来た。それはまるで、芝居のなかのような光景である。

「どこぞの姫さまか？」

「わからねえ。だが、あっちの駕籠には葵の御紋が入っているぞ」

「徳川さまのお姫さまか」

道端の町人たちがさまざまに噂をした。

大奥同心の三人も山村座に入った。

小屋のなかはすでに超満員になっていたが、そこは金にものを言わせた。

「立ち見しかありませんぜ。それでもよろしければ」

「よい」

立ち見の席もぎっしり埋まっていた。外は雪だというのに、人いきれで暑いくらいだった。

なかでは生島新五郎の舞台が繰り広げられていた。

生島新五郎は熱演だった。

繊細な和事を得意とする役者だが、今日は團十郎も驚くような荒事(あらごと)を演じた。

人気狂言『助六由縁江戸桜(すけろくゆかりのえどざくら)』の新しい演出らしい。

生島新五郎が演じる助六の敵・意休(いきゅう)が、大暴れする一幕が加えられている。悪人ぶりをいっそう際立たせる話である。

背中に背負った巨大なまさかりを、ぶるんぶるんと振り回すしぐさは、客を仰天させた。

小屋には徳川吉宗も来ていた。

やはり金にものを言わせたのだろう。川村右京と二人で、ちゃんと桟敷席(さじきせき)におさまっていた。

吉宗は、宗十郎頭巾(そうじゅうろうずきん)をかぶり、顔の下半分を隠し、殿さま然とした派手ななりもしていない。

だが、水戸の忍びが、吉宗を見逃すわけがない。

報告に無阿弥は喜んだ。

「飛んで火に入る夏の虫とはまさにこのこと」

もともと吉宗も亡き者にするはずだった。

「殺しますか？」

正太が訊いた。

「むろんだ。ちょうどいい」

「では、客席にいるところを？」

「いや、そうはいかぬ。すべては秘密裏に。芝居がはねてからだ」

無阿弥はひどく忙しそうだった。

芝居がはね、山村座の座元・山村長太夫が、絵島のいる席に来て、

「楽屋ではなんですので、茶屋を用意してあります」

と、言った。

楽屋もいいが、やはり落ち着かない。

だが、茶屋ならゆっくりできる。絵島には特別、個室も用意してくれているだろう。さっきの奥山喜内の思わせぶりな話しっぷりからでは、隣の部屋には布団も敷いてあるかもしれない。

「手数をかけましたな」

絵島は鷹揚にうなずいた。

「生島もすぐに」

「團十郎も来るのか？」

なんといっても、若い女中たちには絶大な人気がある。

「團十郎は、残念ながら先に所用がありまして」

山村長太夫は、申し訳なさそうに言った。

大奥の女中たちを袖にするような所用とはなんなのだろう――と、絵島はちらりと思ったが、

「では、仕方あるまい」

怒った顔は見せない。

絵島一行は、裏通りにある〈山屋〉という茶屋の二階へと案内された。

すでに用意は整っていた。

豪華なお膳が並び、酒もつけられている。

火鉢には山のように盛られた炭が、かんかんに熾こっている。

接待のため、山村座の役者たちもやって来た。

「あらまあ、富三郎が」

「菊乃丞ではないか」

女中たちは小躍りして喜びを表し、臆面もなく贔屓の役者の名を呼んで、隣に座るよう頼んだりした。

役者だけではない。

「絵島さま」

呉服屋の後藤縫殿助が挨拶に来た。

「なぜ、そなたが?」

絵島は驚いた。

「使いをいただきましたが。こちらに絵島さまがおいでになるので挨拶に伺うようにと」

「使いなど出しておらぬぞ」

だが、帰してしまっていいのか。

絵島はどうにも解せない気分だった。

九

山村座には誰もいなくなった。呼び込みの若い衆まで、絵島一行の接待に行ったのか、奇妙なくらいの静けさだった。

客や役者たちがいなくなった山村座を、大奥同心の三人は探索することにした。

巨大な小屋である。

外から見るよりさらに大きい。

芝居町として栄える木挽町で、最古の芝居小屋である。この山村座が、江戸の歌舞伎を牽引してきたと言っても過言ではない。

「ここが本当に水戸の忍者の隠れ家なのだろうか」

と、舞台の上に立って客席を見回しながら、桑山は言った。

さっきまでは、二階席までぎっしり客が埋まっていた。江戸の芝居は朝早くから始まり、暮れ六つ前には終わってしまう。

と言って、客がそのまま家に帰るとは限らない。ここらの茶屋や飲み屋におさまり、いま観たばかりの芝居の話をする者も多い。

おそらくいまも、客はこの近くの店にいるはずである。

舞台のろうそくの明かりは点いたままである。

「ここからではわからないな」

「ああ。奥だな」

三人は、舞台横から奥へ進んだ。

そこは舞台裏であり、さっきの芝居の背景がそのままあるだけでなく、広い空間になっている。回り舞台で、その背後には別の背景もつくられてある。

また、舞台に出たり、引っ込んだりする大道具も並んでいる。

「ん？」

「気をつけろ」

「ああ、誰かいるな」

三人はすぐに異様な気配を感じた。若い男が一人、立っていた。

美男である。艶やかな舞台衣装もまとっている。

「来たか、大奥同心とやらが」

「そなた、さっき舞台にいたような気がするが」

と、桑山が言った。

「ああ、役者もしているってわけ。片岡正太と言えば、若い娘にはかなりの人気だぜ」

正太はふてぶてしい口調で言った。

そういえば、白酒売りの新兵衛という役者に、若い娘たちがきゃあきゃあ騒いでいた。

なるほど、この男が扮していたのだ。

「村雨、柳生。こいつはわしが引き受ける。奥を見て来い」

と、桑山が一歩前に出て言った。

「わかった。そうしよう」

村雨と柳生は、大道具の裏のほうへ歩み去った。

「いいのか、おやじ。助けてもらわなくて」

正太はいかにも生意気そうに笑った。

「ああ、構わんよ」

桑山はそう言って、背中の籠(かご)から矢を一本取って、弓に番(つが)えた。

「じゃあ、いくぜ」

正太はわきから何本もの棒を持ち出し、手早く組み立て始めた。

——なんの技だ？

桑山は思わず一連の動作を見守った。

一間ほどの棒が組み合わされていった。柱や梁(はり)だけの四角い箱のようなものである。

このうち、横の四面には、革でできた幕がついている。

その前面の幕がサッと閉められた。

幕は黒い色である。

すると、箱がくるりと回って、その横面が前に来た。だが、ここの幕もサッと閉じられた。
今度の幕は真っ赤に塗られている。
あとは、この繰り返しである。
ただ、色は違っていて、黒、赤の次は、白、藍色だった。
結局、横の四色の幕がすべて閉じられた箱が前にある。
「なかに隠れたというわけか」
言いながら桑山が弓を構えると、前面の黒い幕が開いた。
――ん？
なかには誰もいない。
「どういうことだ？」
桑山は矢を番えたまま、数歩、近づいた。
箱が横を向いた。そのとき、赤い幕の隙間からいきなり槍が飛び出してきた。
「うわっ」
桑山は身体をよじるように逃げた。危うく刺されるところだった。
すぐに体勢を整え、矢を赤い幕に向けて放った。
だが、矢は刺さらず、わずかに幕を揺らしただけで下に落ちた。

「なんてことだ」

もう一度、黒い幕があったほうが前に来た。

やはり誰もいない。すると、幕が閉じられた。

が、今度は黒い幕ではなく、斜めになった縞模様の幕だった。

幕の色が変わり、模様が変わる。

見ているうちに、頭がふらふらしてきた。

目くらましだった。だが、この目くらましの効果は大きかった。

この戦いを吉宗は小屋の後ろのほうからそっと見ていた。

はっきりとは見えないが、楽屋のほうで戦っている気配がある。

「手を出さずによろしいのですか?」

と、川村右京が訊いた。

「よい。大奥同心と水戸の忍者を戦わせ、わしは漁夫の利を得る。それは、大奥同心がやろうとした手だ」

十

絵島は茶屋の二階の一室で、生島新五郎と二人きりになっていた。

生島は見れば見るほどいい男だった。醜男(ぶおとこ)である吉宗とは、大違いだった。男が美女を欲するように、女だって美男が大好きなのだ。

「ああ、生島新五郎」

絵島の手が、生島の頬を撫(な)でた。

かすかに髭(ひげ)が当たるが、それは生島の美貌を露ほども損ねてはいなかった。

大奥の女中たちと、山村座の役者たちの騒ぎは、ここまで聞こえてきている。

女たちは久しぶりに華やかな芝居を楽しみ、いまは酒を含んで、そろそろ歌の一つや二つ始まり出そうというところだった。

――やっぱりわたしはこの男が好き。

吉宗とは別れなければならない。

だが、万が一、吉宗が将軍になり、大奥に入って来たときは――。

絵島は、こんなときでも身の振り方を考える自分に驚いていた。

絵島の心の動きを察したのか、生島新五郎はかすかに笑い、

「今宵、わたしを長持に入れて、大奥へ入れてもらえませんか?」

と、言った。

「大奥へ?」

「はい。お女中たちが着物をたくさんお買い上げになり、そのため長持を二つほど後藤縫殿助がお届けに上がることになるわけです。その長持にわたしと、役者をあと一人」

「後藤を呼んでいたのは、生島だったのか?」

「さようにございます」

「あと一人とは誰じゃ?」

「はい。片岡正太がお女中たちに人気がございます。大奥に入れば、さぞやお女中たちもお喜びになるでしょう」

「なんと」

「いいではありませぬか」

生島は顔を近づけ、やや流し目をしながら絵島を見た。

「それはもちろん」

絵島は思わず了承してしまった。

今宵、大奥で起きることを想像した。生島はもちろん絵島が独占する。部屋には誰も近づけさせない。

正太はいくつかの部屋を回って歩くのだろう。さぞや疲れるだろうが、正太は若いのである。だが、一晩で回り切れるのだろうか。

「一晩だけか？」

と、絵島は訊いた。

「場合によっては二晩。あるいは三晩」

生島は悪戯っぽく答えた。

「三晩！」

「三晩、共にしたら、何度いたすことになるでしょう」

「ああ、もう、そんなことを！」

絵島は小さく絶叫した。

――忠誠とはなんだろう？

ふと絵島は思った。

村雨の月光院に対する気持ちは忠誠なのか。

違う。あれは、恋。いや、恋よりもっと深く、純粋なもの。

忠誠心をも超えるもの。

では、わたしの気持ちは？

「絵島さまは、いろいろ考えるお人だ。だから、迷う。迷ってもせんない。ともに楽しみましょうぞ」

絵島の口が、生島の口でゆっくりふさがれた。

ただそれだけで、絵島は背を大きく反らせた。


楽屋には誰もいなかった。

村雨は、回り舞台を動かすらしい地下を見に行き、柳生静次郎はいったん舞台のほうにもどって来た。

すると、桑山がふらふらしながら、奇妙な箱の前にいた。

「桑山、しっかりしろ」

柳生がそばに寄った。

「お、柳生か。わしはどうしていた？」

「ふらふらしながら、その箱の前に近づくところだった」

「おう、危なかった。あと、すこしで槍が突き刺さるところだった」

桑山はため息をついて言った。

「そのなかにいるのだな」

柳生は剣を構えた。

「ああ、それで幕が開いたり閉じたりする。それを見ているうち、おかしな気になってくる」

「幕の開け閉めで？」

「目くらましだ。わかっているが、騙(だま)される」

「わかった」

柳生も箱の動きを見た。

正太は、二人目の敵に対しても、さっきと同じようなことを始めていた。幕が開閉し、色や模様が変わっていく。

柳生は薄目を開けて、その動きを見た。

こうした仕掛けには強い。すぐに箱のつくりは見破った。

「桑山。横の棒だ。あそこに矢を打ち込んで、幕を閉じられなくすればいい」

と、柳生は桑山に言った。

だが、目まぐるしく動く箱の棒に矢を当てるのは、至難だろう。

「よし、わかった」

桑山は軽々と矢を連射した。

いずれも棒に命中し、幕は閉じられなくなった。

開閉できない箱は、ただの飾りに過ぎない。

なかで正太が愕然としている。

「くそっ」

正太は叫んだ。

「よし」

柳生が剣を構えて踏み出そうとしたとき、正太は意外な行動に出た。

周囲の何枚あるかわからない幕を持つとそれを身体にかけ、床に縮こまってしまったのだ。

「馬鹿め」

柳生が斬りつけても、桑山がすこし離れて矢を放っても、この幕は斬ることも突き刺すこともできない。

「なんだ、これは？」

「ずいぶん丈夫な革なのだろう」

ひっくり返そうとするが、よほどしっかり摑んでいるのか、それもままならない。

なかで正太が叫んでいる。

「おけい、助けてくれ！　無阿弥さま！」

だが、幕をかぶっているから、声はほとんど聞こえない。

「どうする？」

柳生が訊いた。

桑山は周囲を見回した。紙吹雪が入った箱があった。花びらと、白いのとがある。これで、花吹雪や雪を舞台の上に散らすのだろう。

それを革の周囲にぶちまけ、火をつけた。

あっという間に燃え上がり、革が焦げる嫌な臭いもした。

「うわあ」

「いまだ！」

正太が飛び出してきたところに、桑山の矢が、一本、二本、三本と突き刺さった。

十一

そのとき、左手の中庭に女が飛び込んで来た。外にいて、正太の絶叫が聞こえたのかもしれない。

同時に村雨も地下から上に出て来た。

「誰もいなかった」

と、村雨が言った。

「いや、舞台のほうに気配がある」

柳生が顎をしゃくるようにした。視線は新たに出現したくノ一のほうに向けている。

「なるほど」

村雨はうなずいて、舞台のほうに進んだ。

確かに気配がある。

鼓の音が何度かした。

ここは歌舞伎の小屋である。そこで鼓の音。

——おかしなことが。

と、村雨は思った。一人で行くのは危険かもしれない。

舞台で気配、中庭にくノ一。

大奥同心の三人の連携もやや乱れかけていた。

「いいのか？」

「ああ」

柳生は村雨も心配らしく、一瞬、躊躇(ためら)ったが、舞台のほうへ向かった。

桑山が矢を番えたまま中庭に出た。

そこはわずかばかりの空き地になっていた。

雪が積もっていた。女はそのなかに、嫣然(えんぜん)と立っていた。

見覚えがある。きれいな女だった。確か、大奥で見ていた。

だが、ずうっと昔に会ったことがあるような気もした。それはめまいの感覚にも似ていた。

「おけいと言います」

女は名乗った。同時に、着物を一枚脱いだ。すると、その下は真っ白い着物で、たちまち首から下が雪景色のなかに溶けた。

「ややっ」

桑山は首の下に向け、矢を射た。だが、矢はあるべき身体を通り抜け、向こう側の塀に刺さった。

女の首だけが横に動いた。

桑山も横に走りながら、矢を放ったが、またしても矢は当たらない。

息が切れる。

さっきの戦いで疲れたのか。

桑山はふと空を見上げた。

次々に花が落ちてきていた。夜桜の美しさを眺めてため息をついたことがあったが、そんなものではなかった。

ありとあらゆる色の花が降ってくるのだ。

——ん？

気がつくと、自分の胸に真っ赤な花が咲いていた。花は血の色をしていた。

「柳生、いるか！」

恐怖にかられて叫んだ。

「どうした？」

柳生がもどって来た。

「村雨、わしはおかしい」

「桑山、怪我しているぞ。どうした？」

よく見ると、小さな棒手裏剣が胸に刺さっている。こんなものが見えていないなど、ふだんの桑山ではない。

「足元に花畑が見えているのだ」

「そんなもの、あるわけがない」

「わかるさ。だが、おれの目の中ではどんどん広がっているのだ。きれいな花畑だ」

「桑山。お前、どこかで術をかけられたのだ」

「そういえば、大奥の女が折り紙で花びらを切るのを見たことが」

「そのときなにか暗示にかかっているのだ。そうか。もしかしたら、尾張の吉通がふいにおかしくなったのは、この術をかけられていたからなのかもしれぬ」

「なるほどな」

そう言うと、桑山は自分の刀で思い切り足を突いた。

「桑山」

「これくらいしないと、この術からは逃れられぬ」

桑山は、よろよろと歩いた。

「女はどこだ?」

「ここにはおらぬ」

「なかか?」

桑山は不用意に小屋へ飛び込んだ。

そのとき、白い風がわきから吹いた。

桑山の胸が、おけいの短刀でえぐられていた。

十二

絵島は手酌(てじゃく)で酒を飲んでいた。ほかの部屋からは賑(にぎ)やかな騒ぎが聞こえているが、絵島は一人だった。

——あたしは生島のもの。

と、絵島は思った。

大奥へもどったら月光院に歯向かおう。わたしは自分の気持ちに忠実に生きよう。生島に言われることならなんでもしよう。

だが、その生島は中座したままもどらない。

「すこしだけ、お待ちを」

「どこへ？」

「絵島さまの幸せのために準備が要るので」

なんの準備かわからないが、問い詰めたりはしなかった。

――なにをしているのかしら。

時は刻々と過ぎている。

障子を開けて外を見る。

雪のせいで早くも暗くなっている。暮れ六つ（午後六時）は近いかもしれない。

そろそろ帰らなければならない。長持に生島と片岡正太を入れなければならない。

「なにをしているのかしら？」

口に出して言った。

大座敷のほうの騒ぎはさらにひどくなっている。とくに変わったことはないのだろう。

「ちょっと」

絵島は店の者を呼んだ。

「なにか？」

「生島新五郎が大座敷のほうへいる？」

「いいえ。さっき、外に出て行かれたようですが」

「外へ？」

外へなにしに行ったのか。

——まさか。ただの甘言？

絵島の気持ちがふたたび乱れる。


そのころ——。

江戸城の大奥にめずらしい客が来ていた。

歌舞伎役者・市川團十郎が、月光院に挨拶に来ていたのだ。

なんでも、この日、ぜひとも会いたいという依頼だったらしい。

最初に奥女中たちが数十人、部屋に現われ、隅のほうに並んで座った。

團十郎はなにも言わず、まっすぐ前を向いている。

女たちの視線が突き刺さってくるようだが、しかしそんなことには慣れている。歌舞伎役者は見つめられてこその商売なのだ。むしろ、見つめられるほどに、気持ちが高揚してくる。

やがて、

「月光院さま、お成り」

の声とともに、一人の女性がゆっくり部屋に入って来た。

團十郎は深々と頭を下げた。

「市川團十郎。表を上げよ」

「ははっ」

顔を上げると、前に美しい女性がいた。月光院は、美しいだけでなく、やさしげだった。

「市川團十郎。女中たちから評判は聞いていましたよ」

「お初にお目にかかります。お女中方にはいつもご観劇いただき、團十郎、山村座を代表してお礼を申し上げます」

「そんなに堅苦しくならなくてもよい」

月光院は笑って言った。

「ははっ」

「ただ、今日は、市川團十郎はここに来ていたほうがよい」

「と、おっしゃいますと？」

「それはいずれわかります」

「本日、大奥のお女中たちが大勢、観(み)に来ていらっしゃいましたが」

と、團十郎は言った。

「そうらしいですね。ここにもそなたの芸を観たかった者は大勢いるのです」

「恐れ入ります」

「ここで演じるのは無理でしょうが、せめてお顔をよく見せてやってください」

「こんな顔でよかったら」

團十郎は照れながら、その端整な顔をゆっくり回すようにした。

「きゃあ」

女中たちから黄色い歓声が上がった。

――なんのために、こんなことを？

團十郎は月光院の依頼を訝(いぶか)ったが、しかし、木挽町の山村座にいなくてよかったのである。

もし、この日、團十郎が茶屋へ挨拶に出て、奥女中たちと戯れていたとしたら、市川團十郎の名跡も歌舞伎十八番も、後の世に存在しなかったのである。

團十郎は、大奥の女中たちが大勢、平川門前で止められているのを横目に見ながら、深川の家へと帰ったのだった。

十三

柳生静次郎は、大道具が並ぶ舞台裏で、おけいと対峙していた。

大道具が動いていた。芝居で使うらしい巨大なからくりだった。

大きなカエルがいた。おけいがその上に乗ると、カエルは口からもうもうと煙幕を出した。

柳生はそれを見て、

「ふつうの男はこうした道具に戸惑うかもしれぬ。ところが、わたしはこの手の道具が大好きでな。一目見ただけで、使い道やどうなっているかがわかってしまうのだ」

と、冷笑した。

だが、カエルの口から花が咲いてくると、柳生は背筋が寒くなった。畳二畳分ほどもある、真っ赤な花。芳香もぷんぷんと漂ってくる。じっさいにはあり得ないくらい大きな花だった。

つまり、柳生は幻を見ているのだ。

幻は自分の頭がおかしくなったのでなければ、急に見ることはない。あらかじめ術にかけられているから見るものなのだ。

――嘘だろう。

この女に見覚えはなかった。

だから、あらかじめ術をかけられているはずがなかった。

「いつ、わたしに？」

「ふふふ、お前に直接はかけていない。だが、折り紙は見なかったか？」

「あ」

覚えがあった。

小夏が大奥の女中に習ったと、見せてくれたことがあった。そういえば、赤い大きな花だった。小夏に教えたのが、このくノ一だったのか。他人を介在させても、こうした術がかけられるのか。

「思い出したか？」

「子どもを使ったのか」

怒りが湧いた。

いたいけな子どもに、下品な忍びの技などかけて。

「そういうこと」

おけいがそう言ったとき、柳生はおのれの刀を深々と太ももに突き刺した。

途端に花は消えた。

「おのれ、くノ一」

足をひきずりながらも突進した柳生の剣が、おけいの細い身体を切り裂いた。


そのころ――。

村雨広は舞台の上で無阿弥と対峙（たいじ）していた。

村雨は刀を抜き、下段に構え、悠然と立っていた。

「きさまが水戸の忍びの頭領か」

「いかにも。そなた、よくぞ、ここまで来たものよ」

能面の下でくぐもった声がした。

幾つくらいだろう。そう若くはない。だが、年寄りでもない。

村雨は刀を抜き、下段に構え、悠然と立っていた。

無阿弥は手になにも持っていない。腰に小刀を差しているだけ。武器がわからなければ、うかつには斬り込めない。

猪突猛進は、新当流がもっとも諫めるものである。それは、〈月光の剣〉を会得したいまでも同じだった。

村雨は、剣はほとんど静止させたまま、幕が上がったままの舞台をゆっくり右に回るように歩いた。

無阿弥は、予想したより早く仕掛けてきた。

「住するところなきを、まず花と知るべし」

そう言って、無阿弥は舞台の上を動いた。

滑るような足取りだった。

どん。

と、足踏みをした。

村雨の身体が揺れたが、構わず踏み込んで下段の剣を上に走らせた。

だが、剣は空を斬った。

——え？

間合いを外されたのだ。村雨にはほとんど経験がないことだった。

剣は間合いがすべてと言っても過言ではない。どんなに鋭い剣も、間合いを外せば空を斬るだけである。

無阿弥は絶えず動いていた。

それは、月光の剣の極意とも似ていた。

一つところに落ち着かない。つねに向上をめざし、動きつづけなければならない。

それが「住するところなき」なのだろう。間部が教えてくれた世阿弥の言葉のなかで、もっとも鮮明に、心に残った言葉だった。

世阿弥の教えを無阿弥が体現していた。

次に無阿弥は、

「離見の見にて見る」

と、言った。

村雨は斬り込まずにいる。

ややあって、

「なるほど。わしの立つ位置をもうすこし前に置こう」

そう言って、一歩、踏み出して来た。

無阿弥は、自らの動きを遠くから眺めることができるらしかった。

しかも、無阿弥は月光の剣の極意まで見破った。

「ほう。奇妙な剣。もしや、その剣は塚原卜伝（つかはらぼくでん）の秘剣？」

「わからぬ」

卜伝が残したという言葉を胸に研鑽（けんさん）を積んだ。だが、本当にこの剣が、卜伝が編み出したものと同じなのか、それはわからない。

「いや、たぶんそうだ。噂は聞いた。月光の剣。まさか、完成させる者がいるとは思わなかった」

「完成はしていない。月光の剣に完成はない」

村雨はそう言った。

完成などと思い上がったとき、この剣は無残な見世物に堕すはずである。

「秘すれば花なり」

と、無阿弥は言った。

「秘すれば花？」

これがいちばん謎を秘めた言葉だった。
無阿弥は語ることを止めた。
あたりが冷え冷えとしてきた。
無。
が、近づいて来ている気がした。
無を背中に隠した静けさ。
いっさいなにもない。
それは月光の剣と似ているようで、やはり違う。
月光の剣の世界には、揺らぎはあるが無はない。この宇宙に完全な無はない。
だが、無阿弥はおそらく、なにもない世界を想定している。
ふと、微かな気配が出た。
静寂のなかから浮き上がった幽玄。
その世界からいきなり剣が来た。小刀が槍のように長く感じられた。
だが、村雨の剣も一閃（いっせん）した。
面が割れた。なかから現れたのは、生島新五郎だった。

「そなたは」

村雨の声には答えずに、

「よおっ」

と、無阿弥は掛け声を放った。

どこかで鼓が打たれた気がした。

それはますます静寂と幽玄を感じさせた。

一方の村雨は、二刀を構えたまま、霧のようになっていた。剣は霧のなかにあって、上段にも下段にも八双（はっそう）にもなった。

剣はどこにも定まらなかった。揺らいでいた。

「いくぞ」

「参れ」

幽玄と揺らぎが交錯した。

この剣の動きは誰にも見極めることはできなかっただろう。ただ、幾度か小さな稲妻が走ったようだった。

次の瞬間——。

無阿弥こと生島の剣は折れ、腕も動かせなくなっていた。

が、村雨も肩と腹と背に大怪我を負っていた。

十四

「もどらなければなりませぬ」

絵島が苛々(いらいら)した声で叫んだ。

もう我慢の限界だった。生島新五郎はどこに消えたのか、いっこうにもどって来ない。訊けば、片岡正太もそうだという。

暮れ六つの鐘が鳴っている。

江戸城の門が閉められてしまう。

「すぐに駕籠をお出しなさい」

と、命じた。

「ですが、絵島さま。駕籠かきたちが見当たりません」

茶屋の若い衆が困った顔で言った。

「なんですと？」

「どうも、一足先にお城へ帰られたみたいです」

「そんな馬鹿な」

まさか、月光院がもどらせまいとしている?

だが、駕籠かきがいないと言うなら、それしか考えられなかった。

――月光院がわたしを?

そのとき、

「絵島。なぜ、もどらぬ」

と、吉宗が駆け込んで来た。

「吉宗さま」

「早くもどらぬと、お城の門が閉じられるぞ」

「それはわかっておりますが」

絵島には思ってもみなかった事態だった。

「駕籠かきがいないのです」

「すぐ外に出ろ。駕籠などいくらでも拾える」

吉宗がそう言い、絵島や女中たちがぞろぞろ外へ出て来たとき、

「そうはさせぬ」

村雨広が現れた。

血まみれである。ほうぼうに怪我を負ったらしく、動きがおかしい。

それでも闘志は失われていないらしい。

二刀を構えると、それが凄い速さで動き始めた。

吉宗はすでに見ているはずである。が、月光の剣はつねに違うものへと変化している。

「おのれ、大奥同心」

吉宗が刀を構えた。

吉宗の横をすり抜けるように川村右京が突進して来た。

「殿、わたしの背中を使って」

「わかった」

右京の背後から、右京の背中を蹴って、吉宗の巨体が高々と跳び上がった。

「真上に月光が照るものか」

月光の剣を降り注ぐ光のごとく捉えたらしかった。

「生憎だな」

吉宗は、見えない剣を捉えたと思ったはずである。

だが、そのときはすでに遅い。

村雨広の剣は、吉宗の剣を粉々に飛び散らせた。

十五

「なんということだ」

徳川綱條は山村座に来ていた。そこで、うなだれている生島新五郎や、おけいたちの遺体を見つけた。

綱條は落胆し、膝(ひざ)をついた。

ふいに、十も二十も老けてしまった気がした。

「やはり駄目だったか」

こうなることを恐れてはいたのだ。

その恐れは、光圀存命のころから持っていたのだ。

「だいそれたことを考えたのだ」

光圀のふてぶてしい笑顔が浮かんだ。

それは、綱條が怯えつづけてきたものだった。

「父上。あなたがいけないのですぞ」

光圀の野心をなじり、老いて夢見ることの虚しさを嘲笑った。

――夢などというものは、若いやつが持つものなのだ。

そんな自分の感想が正しいのかどうかはわからない。だが、そうでも思わないと、残りの人生をやり過ごすことなど、できそうになかった。


絵島はついに間に合わなかった。

「月光院さまに会わせてくださいませ！」

平川門で絵島は絶叫した。

なんという取り返しのつかないことが起きてしまったのか。

ほかの奥女中たちも皆、泣きじゃくっている。

「駄目だ」

門まで来ていた新井白石が冷たく言った。

「お願いです」

図々しい頼みであっても、月光院なら許してくれる気がした。

一人の女として、月光院は気持ちのやさしい女だった。

もし、許してくれたら――。

もちろん吉宗とはきっぱり手を切るつもりである。

生島新五郎とも会うことはない。

今後はひたすら、家継の御世のために、身を粉にして働きつづけるだろう。

だから、許してもらいたい。

「大奥の女中どもが芝居小屋で遊び、門限に遅れた。絵島に言い訳ができるのか?」

白石はしかりつけるように訊いた。

「いいえ」

絵島はがっくりと頭を垂れた。

正徳四年(一七一四)一月十二日――。

後の世に〈絵島生島事件〉と呼ばれる騒ぎが起きた。

この事件の背後で大奥同心は、絵島を完全に月光院から切り離し、御三家の野望にとどめを刺していたのだった。

終章　吉宗

一

　戦って傷ついた村雨の怪我がなかなか治らない。肩と腹の傷はだいぶふさがってきたが、背中の傷がかなり深かった。治りかけるかと思えば膿み、ひどい熱を出した。

　強靱な村雨とはいえ、次第に衰えてきている。

　治療をしているお城に出入りする金創医が、

「ふつうなら、三つの傷のどれか一つででも、死んでいておかしくない」

　と、言ったほどだった。

　これを治すには、箱根あたりの湯にしばらく漬かって養生するのがいちばんだろうとも診断された。

だが、村雨は大奥を離れたくない。

どうにか御三家の野望はくじいたが、しかしまだ吉宗は生きている。尾張にも宗春という新しい強敵が出現した。

村雨はここで柳生静次郎とともに、警備を指揮しなければならない。

こっちがあと二年、なにもできずにいたら、ふたたび形勢は逆転するかもしれない。

それに、大奥に近い詰所に横臥する村雨には、苦痛だけでなく、甘美な思いもあった。ほとんど毎日、月光院が見舞ってくれるのである。

熱があるときは、自ら濡れ手ぬぐいを絞って額に載せてくれるのである。ときには、さすがに手製ではないが、卵を落とした粥を運んでくれることもあった。

——確か、以前にも……。

あれは、十七、八だった。

村雨はめずらしくひどい風邪をひき、十日ほど寝ついたことがあった。そのときお輝が始終、熱い粥やうどんをつくって持って来てくれたものである。むろん、あのころの粥やうどんに高価な卵などは入っていなかったが。

月光院は村雨を解任することにした。

それは村雨の命を守るためだった。

「村雨広。あなたに必要なのはわたしではありませぬ」

「必要か、必要でないかなどどうでもよいことです」

「いいえ、時は移ろうのです。わたしとあなたの時は、もう彼方(かなた)へ駆け去ろうとしているのです」

「月光院さま」

「あなたとわたしにどんな未来があるのです？」

「なにも望みません。ただ、月光院さまをお守りしたいだけ」

お輝を守ることができなかった自分の、それはつぐないでもあるのだ。

「まずはその傷を治しなさい。話はそれからです」

「わかりました」

村雨は、ひとまず傷を癒やすため、箱根の湯に向かった。

月光院は家継を連れて吹上の森に来ていた。

大奥に閉じこもってばかりいたら、丈夫な身体にならない。子どもは野原を駆け回ったり、川遊びをしたりしなければいけない。

吹上の森には春の兆しが溢れていた。

蝶々(ちょうちょう)を追いかけていた家継が、ふいに動きを止め、振り返って一点を見つめていた。

そこは江戸城の天守台があるあたりだった。

「上さま。どうかなさいましたか？」

「うむ。ふいに頭に浮かんだのだ」

「なにをでございます？」

「おそらく江戸城を支配するのは吉宗」

「なんと」

家継は特異な予知能力を持っている。家継の予言は当たるのである。

「吉宗が将軍になるということは？」

「わたしは死ぬということだろうな」

「上さま」

月光院は号泣した。

二

月光院は、湯治中の村雨を箱根から呼んで相談した。

村雨は、三月の湯治でだいぶ回復していた。

「なんと、家継さまがそんな予言を……」

「上さまとわたしを連れて逃げられませんか？」

「将軍の座が不在になるのですか？」

「吉宗に譲ってしまえばいいではないですか」

「それは天下が許さないでしょう」

「では、上さまに死ねと言うのですか。将軍の座など失っても、命さえ無事であるなら構いませぬ」

母としては当然、そうだろう。

「しかし、月光院さまがいなくなれば家継さまもいっしょにいることを疑われ、一生、追っ手から逃げつづけなければならないでしょう。お城の外で追っ手と戦うのは無理です」

「では、わたしはここにとどまって、上さまだけが逃げ出すなら？」

「それでもよろしいのですか？」

「とにかく上さまのお命さえ無事なら」

月光院はきっぱりと言った。

「そっくりの身代わりを立てれば、どうにかなるかもしれませんが」

まずは家継の気持ちを聞きたかった。


「わたしがここから出るなら、身代わりを立てねばなるまい」

と、家継は言った。

物言いがどんどんしっかりしてきている。とても六歳とは思えない。

「それはもちろん」

「だが、また、わたしのように狙われる。やがては殺されもするだろう。吉宗は怖い男だぞ。それは嫌じゃ。身代わりが殺されるのがわかっていて、わたしがいなくなるなぞ。わたしはここにとどまる」

「仰せのとおりです。だが、身代わりに手を出させないようにする方法がございます」

「そんな方法があるのか？」

村雨がその策を語ると、月光院も、家継も、仰天した。

「だが、その策はわたしの一存だけでは決められないでしょう。間部どのも、新井白石どのだって」

「もちろんです。お二人にも相談します」

「いや、吉宗どのとも」

と、月光院は言った。

「ええ。吉宗とも」

村雨はうなずいた。

間部詮房と新井白石は、二人とも未来を見通せる家継の能力についてはよく知っている。

その予言を聞いて、

「吉宗の時代が来るのか」

と、落胆した。

だが、二人がこれまでおこなってきた政について、なんとしても継承してもらいたいことはある。実践したかったこともある。

「それらを継承し、実践すると約束するなら……」

二人は了承するしかなかった。

三

数か月後——。

村雨広、綾乃、そして家継が、房州を旅していた。

傍目には若い父母と一人息子の旅だった。三人はいかにもお互いを慈しんでいるのが見て取れた。藩士の家族が配置換えかなにかで、国許へ下る途中のようだった。

——わたしは生きなければならない……。

村雨は自分のなかに、新しい気持ちが湧き上がってきたのを、しばらくは不誠実であるように思えてならなかった。

だが、月光院に対する思いが消えたわけではなかった。

純心。

天地神明に誓っても、それは偽りではない。

だが、月光院が言ったように、それは過去のことにしなければならなかった。

そうするほうが、月光院には幸せだった。

家継の母・月光院。もうお輝の面影は消えた。

村雨はいまを、そしてこれからを生きなければならない。月光院との約束を守り抜くために。

三人の後から少し離れて、柳生静次郎と小夏の親子がついて来ている。

来ないとは思うが、いちおう追っ手を警戒し、半年ほどゆっくり房州あたりを回ってから、江戸の郊外にでも居を定めるつもりだった。

年に一度か二度、城の近くで月光院に顔を見せることはできるだろう。

いま、江戸城にいるのは、吉宗の子どもだった。吉宗が妾につくらせた、自分とよく似た境遇の男子だった。

いくら吉宗とはいえ、わが子を殺すことはないだろう。

家継も月光院も、将軍職の継承より、命の安全を選んだのだった。

「村雨、わたしは幸せだ」

と、家継は言った。

海辺を風が吹き渡って行く。

家継はどこへ行くのも勝手である。もう誰にも行く手を遮られたりはしない。

それは嘘ではない。表情が晴れ晴れとしている。

「はい」

「それに、わたしは母上のためにも幸せにならなければならぬ」

「仰せのとおりでございます」

波は穏やかである。海の向こうに富士が見えていた。右に目を転じれば、江戸のあたりである。

江戸はいかにも平穏な空の下にあった。


正徳六年四月――。

江戸城の徳川家継が死去。

それは疑いようもない病死だった。

本書は２０１５年12月実業之日本社文庫にて刊行された
『江戸城仰天　大奥同心・村雨広の純心3』の新装版です。
再文庫化に際し、改題、加筆修正を行いました。

実業之日本社文庫　最新刊

蒼山 螢
後宮の炎王　弐
一族が統治する流彩谷に戻った翔啓は、記憶から失われた過去を探り始める。一方、嵐静には皇帝暗殺の嫌疑が!?　波瀾の中華後宮ファンタジー続編、佳境へ！

あ263

いぬじゅん
無人駅で君を待っている
二度と会えないあの人に、もう一度だけ会えるとしたら…。あなたは「夕焼け列車」の奇跡を信じますか？号泣の名作、書き下ろし一篇を加え、待望の文庫化！

い183

沖田 円
怪異相談処　がらくた堂奇譚
がらくた堂と呼ばれる古民家で、杠葉は怪異の相談を受け、助手の遊馬とともに調査に乗り出すが…!?　沖田円が紡ぐ、切なくも温かい不思議世界の連作短編！

お112

風野真知雄
消えた将軍　大奥同心・村雨広の純心　新装版
紀州藩主・徳川吉宗の策謀により同じ御三家尾張藩の異形の忍者たちが大奥に忍び込む。命を狙われた将軍・徳川家継を大奥同心は守れるのか…シリーズ第2弾。

か111

風野真知雄
江戸城仰天　大奥同心・村雨広の純心　新装版
御三家の野望に必殺の一撃――尾張藩に続き水戸藩も忍びを江戸城に潜入させ、城内を大混乱に陥れる。同心と謎の能面忍者の対決の行方は？　シリーズ第3弾。
か112

実業之日本社文庫　最新刊

沢里裕二
処女刑事　京都クライマックス
祇園『桃園』の舞妓・夢吉は逃亡するも、寺へ連れ込まれ、坊主の手で…。この寺は新興宗教の総本山で、悪事に手を染めていた。大人気シリーズ第9弾！
さ3 18

西村京太郎
十津川警部　小浜線に椿咲く頃、貴女は死んだ
十津川の妻・直子は京都の女子大学時代の仲良し五人組と同窓会を開くことに。しかし、その二日前に友人の一人が殺される。死体の第一発見者は直子だった—。
に1 28

東野圭吾
クスノキの番人
不当解雇された腹いせに罪を犯し、逮捕されてしまった玲斗のもとへ弁護士が現れる。依頼人の命令に従うなら釈放すると提案があった。その命令とは……。
ひ1 5

南 英男
毒蜜　冷血同盟
窃盗症のため万引きを繰り返していた社長令嬢を恐喝し、巨額な金を要求する男の裏に犯罪集団の異常な野望が!?　裏社会の始末屋・多門剛は黒幕を追うが——。
み7 29

実業之日本社文庫　好評既刊

風野真知雄
東海道五十三次殺人事件 歴史探偵・月村弘平の事件簿
先祖が八丁堀同心の名探偵・月村弘平が解き明かす、東海道の変死体の謎！　時代書き下ろしの名手が挑む初の現代トラベル・ミステリー！（解説・細谷正充）
か12

風野真知雄
信長・曹操殺人事件 歴史探偵・月村弘平の事件簿
「信長の野望」は三国志の真似だった!?　歴史研究家にしてイケメン探偵・月村弘平が、怪事件を追って日本を走る！　書き下ろし。
か14

風野真知雄
「おくのほそ道」殺人事件 歴史探偵・月村弘平の事件簿
俳聖・松尾芭蕉の謎が死を誘う!?　ご先祖が八丁堀同心の若き歴史研究家・月村弘平が恋人の警視庁捜査一課の上田夕湖とともに連続殺人事件の真相に迫る！
か16

風野真知雄
坂本龍馬殺人事件 歴史探偵・月村弘平の事件簿
〈現代の坂本龍馬〉コンテストで一位になった男が殺された。先祖が八丁堀同心の歴史ライター・月村弘平が、幕末と現代の二人の龍馬暗殺の謎を鮮やかに解く！
か17

風野真知雄
東京駅の歴史殺人事件 歴史探偵・月村弘平の事件簿
東京駅で連続殺人事件が起きた。二つの事件現場はかつて二人の首相が暗殺された場所だった。月村と恋人の刑事・夕湖が真相に迫る書下ろしミステリー！
か18

実業之日本社文庫　好評既刊

風野真知雄
葛飾北斎殺人事件　歴史探偵・月村弘平の事件簿
天才絵師・葛飾北斎ゆかりの場所で相次いで死体が発見された。名画が謎を呼ぶ連続殺人の真相は⁉　ご先祖が八丁堀同心の歴史探偵・月村弘平が解き明かす！
か1 9

風野真知雄
月の光のために　大奥同心・村雨広の純心　新装版
大奥に渦巻く陰謀を剣豪同心が秘剣で斬る――新井白石の家臣・村雨広は、剣の腕を見込まれ大奥の警護役に。紀州藩主・徳川吉宗の黒い陰謀が襲い掛かる…！
か1 10

あさのあつこ
花や咲く咲く
「うちらは、非国民やろか」――太平洋戦争下に咲き続けた少女たちの青春と運命をみずみずしい筆致で描いた、まったく新しい戦争文学。（解説・青木千恵）
あ12 1

あさのあつこ
風を繍う　針と剣　縫箔屋事件帖
剣才ある町娘と、刺繍職人を志す若侍。ふたりの人生が交差したとき殺人事件が――一気読み必至の時代青春ミステリーシリーズ第一弾！（解説・青木千恵）
あ12 2

あさのあつこ
風を結う　針と剣　縫箔屋事件帖
町医者の不審死の真相は――剣才ある町娘・おちえと、武士の身分を捨て刺繍の道を志す職人・一居が迫る。時代青春ミステリー〈針と剣〉シリーズ第2弾！
あ12 3

実業之日本社文庫　好評既刊

井川香四郎
桃太郎姫 百万石の陰謀
讃岐綾歌藩の若君・桃太郎に岡惚れする大店の若旦那が、実は前加賀藩主の御落胤らしい。そのことを利用して加賀藩乗っ取りを謀る勢力に、若君が相対する！
い10 8

井川香四郎
歌麿の娘 浮世絵おたふく三姉妹
人気絵師・二代目喜多川歌麿の娘で、水茶屋「おたふく」の看板三姉妹は、江戸の悪を華麗に裁く美しき仕置人だった!! 痛快時代小説、新シリーズ開幕！
い10 9

泉ゆたか
猫まくら 眠り医者ぐっすり庵
江戸のはずれにある長崎帰りの風変わりな医者と一匹の猫がいる養生所には、眠れない悩みを抱える人々が——心ほっこりの人情時代小説。（解説・細谷正充）
い17 1

泉ゆたか
朝の茶柱 眠り医者ぐっすり庵
今日はいいこと、きっとある——藍の伯父が営む茶問屋で眠気も覚める大騒動が!? 眠りと心に効く養生所〈ぐっすり庵〉の日々を描く、癒しの時代小説。
い17 2

泉ゆたか
春告げ桜 眠り医者ぐっすり庵
桜の宴の目玉イベントは京とお江戸のお茶対決!? 江戸郊外の高級料亭で奉公修業を始めることになった藍は店を盛り上げる宴の催しを考えるよう命じられて…。
い17 3

実業之日本社文庫　好評既刊

宇江佐真理
為吉　北町奉行所ものがたり
過ちを一度も犯したことのない人間はおらぬ――与力、同心、岡っ引きとその家族ら、奉行所に集う人間模様。名手が遺した感涙長編。（解説・山口恵以子）
う23

梶よう子
商い同心　千客万来事件帖
人情と算盤が事件を弾く――物の値段のお目付け役同心が金や物にまつわる事件を解決する新機軸の時代ミステリー！（解説・細谷正充）
か71

倉阪鬼一郎
開運わん市　新・人情料理わん屋
わん屋の常連たちは、新年に相応しい縁起物を揃えて開運市を開くことに。その最中、同様に縁起物を売る旅籠の噂を聞き覗いてみると……。江戸人情物語。
く411

倉阪鬼一郎
えん結び　新・人情料理わん屋
「わん屋」の姉妹店「えん屋」が見世びらきすることに。準備のさなか、里親探しの刷物を配る僧を見かけた易者は、妙なものを感じる。その正体とは……。
く412

近衛龍春
奥州戦国に相馬(そうま)奔(はし)る
政宗にも、家康にも、大津波にも負けない！　戦国時代を駆け抜け、故郷を再び立ち直らせた、みちのくの名門・相馬家の不屈の戦いを描く歴史巨編！
こ61

実業之日本社文庫　好評既刊

近衛龍春
武士道　鍋島直茂

死ぬことと見つけたり――「葉隠」武士道はこの漢から始まった！　秀吉、家康ら天下人に認められ、戦国乱世の九州を泰平に導いた佐賀藩藩祖、激闘の生涯！

こ62

田牧大和
恋糸ほぐし　花簪職人四季覚

料理上手で心優しい江戸の若き職人・忠吉。彼の作る花簪は、お客が抱える恋の悩みや、少女の心の傷を解きほぐす――気鋭女流が贈る、珠玉の人情時代小説。

た91

田牧大和
かっぱ先生ないしょ話　お江戸手習塾控帳

河童に関する逸話を持つ浅草・曹源寺。江戸文政期、寺に隣接した診療所兼手習塾「かっぱ塾」をめぐるちょっと訳ありな出来事を描いた名手の書下ろし長編！

た92

鳥羽 亮
剣客旗本春秋譚

朋友・糸川の妹・おみつを妻に迎えた非役の旗本・青井市之介のもとに事件が舞い込む。殺し人たちの元締「闇の旦那」と対決!!　人気シリーズ新章開幕、第一弾！

と213

鳥羽 亮
剣客旗本春秋譚　武士にあらず

両替屋に夜盗が押し入り、手代が斬られ、千両箱ふたつが奪われた。奴らは何者で、何が狙いなのか。市之介が必殺の剣・霞袈裟に挑む。人気シリーズ第二弾!!

と214

実業之日本社文庫　好評既刊

鳥羽 亮
剣客旗本春秋譚　剣友とともに
老舗の呉服屋の主人と手代が殺された。探索を続ける中、今度は糸川の配下の御小人目付が惨殺された。糸川らは敵を討つと誓う。人気シリーズ新章第三弾!!
と215

鳥羽 亮
剣客旗本春秋譚　虎狼斬り
北町奉行所の定廻り同心と岡っ引きが、大川端で斬殺された。その後も、殺しが続く。辻斬り一味の目的とは。市之介らは事件を追う。奴らの正体を暴き出せ!
と216

中得一美
嫁の家出
与力の妻・品の願いは夫婦水入らずの旅。けれど夫は……人生の思秋期を迎えた夫婦の「心と体のすれ違い」と妻の大胆な決断を描く。注目新人の人情時代小説。
な71

中得一美
嫁の甲斐性
晴れて年季が明け嫁いだが、大工の夫が大怪我。借金返済のため苦労を重ねる吉原の元花魁・すずの数奇な半生を描き出す。新鋭の書き下ろし新感覚時代小説!
な72

中島 要
御徒の女
大地震、疫病、維新……苦労続きの人生だけどたくましく生きる、下級武士の〝おたふく娘〟の痛快な一代記。今こそ読みたい傑作人情小説。（解説・青木千恵）
な81

実業之日本社文庫　好評既刊

葉室 麟
刀伊入寇　藤原隆家の闘い
戦う光源氏——日本国存亡の秋、真の英雄現わる！『蜩ノ記』の直木賞作家が、実在した貴族を描く絢爛たる平安エンターテインメント！（解説・縄田一男）
は51

葉室 麟
草雲雀
ひとはひとりでは生きていけませぬ——愛する者のために剣を抜いた男の運命は!?　名手が遺した感涙の時代エンターテインメント！（解説・島内景二）
は52

平谷美樹
柳は萌ゆる
幕末、新しい政の実現を志す盛岡藩の家老・楢山佐渡。しかし維新の激動の中、幕府か新政府か決断を迫られる。高橋克彦氏絶賛の歴史巨編。（解説・雨宮由希夫）
ひ53

谷津矢車
曽呂利　秀吉を手玉に取った男
堺の町に放たれた狂歌をきっかけに、秀吉に取り入った鞘師の曽呂利。天才的な頓智と人心掌握術で大坂城を混乱に陥れていくが……!?（解説・末國善己）
や81

吉田雄亮
俠盗組鬼退治
強盗頭巾たちに襲われた若侍の手にはなぜか富くじの木札が。江戸の諸悪を成敗せんと立ち上がった富豪旗本と火盗改らが謎の真相を追うが……痛快時代小説！
よ51

実業之日本社文庫　好評既刊

吉田雄亮
俠盗組鬼退治　烈火
俠盗組を率いる旗本・堀田左近の周辺で立て続けに火事が。これは偶然か、それとも…⁉　闇にうごめく悪と仕置人たちとの闘いを描く痛快時代活劇！
よ５２

吉田雄亮
俠盗組鬼退治　天下祭
銭の仇は祭りで討て！　札差が受けた不当な仕置きに山師旗本と人情仕事人が調べに乗り出すが、神田祭が突然の危機に…痛快大江戸サスペンス第三弾。
よ５３

吉田雄亮
草同心江戸鏡
長屋の浪人にして免許皆伝の優男、裏の顔は⁉　浅草は浅草寺に近い蛇骨長屋に住む草同心・秋月半九郎が江戸の悪を斬る！　書下ろし時代人情サスペンス。
よ５４

吉田雄亮
騙し花　草同心江戸鏡
旗本屋敷に奉公に出て行方がわからなくなった娘たちはどこに消えたのか？　草同心の秋月半九郎が江戸下町の闇に戦いを挑むが……痛快時代人情サスペンス。
よ５５

吉田雄亮
雷神　草同心江戸鏡
穏やかな空模様の浅草の町になぜか連夜雷鳴が響く。雷門の雷神像が抜けだしたとの騒ぎの裏に黒い陰謀の匂いが……人情熱き草同心が江戸の正義を守る！
よ５６

実業之日本社文庫　好評既刊

吉田雄亮
北町奉行所前腰掛け茶屋

北町奉行所の前で腰掛茶屋を開く老主人・弥兵衛は元与力。不埒な悪事を一件落着するため今日も探索へ繰り出し…名物料理と人情裁きが心に沁みる新捕物帳。

よ5 7

吉田雄亮
北町奉行所前腰掛け茶屋　片時雨

名物甘味に名裁き？　貧乏人から薬代を強引に取り立てる医者町仲間と呼ばれる集まりが。彼らの本当の狙いとは？　元奉行所与力の老主人が騒動解決に挑む！

よ5 8

吉田雄亮
北町奉行所前腰掛け茶屋　朝月夜

茶屋の看板娘お加代の幼馴染みの女が助けを求めてきた。駆け落ちした男に捨てられ行き場のなくなった女は店の手伝いを始めるが、やがて悪事の影が……!?

よ5 9

吉田雄亮
北町奉行所前腰掛け茶屋　夕影草

旗本に借金を棒引きにしろと脅されている呉服問屋の相談を受け、元奉行所与力の弥兵衛が調べを始めるが、探索仲間の啓太郎と呉服問屋にはある因縁が……。

よ5 10

吉田雄亮
北町奉行所前腰掛け茶屋　迷い恋

捨て子の親は、今どこに？　茶屋の裏手から赤子の泣き声が。自ら子守役を買って出た弥兵衛だが、息子の紀一郎には赤子に関わる隠し事があるようで……。

よ5 11

実業之日本社文庫 か112

江戸城仰天 大奥同心・村雨広の純心 新装版

2023年4月15日　初版第1刷発行

著　者　風野真知雄

発行者　岩野裕一
発行所　株式会社実業之日本社
〒107-0062　東京都港区南青山5-4-30
emergence aoyama complex 3F
電話［編集］03(6809)0473［販売］03(6809)0495
ホームページ https://www.j-n.co.jp/
DTP　ラッシュ
印刷所　大日本印刷株式会社
製本所　大日本印刷株式会社

フォーマットデザイン　鈴木正道（Suzuki Design）

*本書の一部あるいは全部を無断で複写・複製（コピー、スキャン、デジタル化等）・転載することは、法律で認められた場合を除き、禁じられています。

また、購入者以外の第三者による本書のいかなる電子複製も一切認められておりません。

*落丁・乱丁（ページ順序の間違いや抜け落ち）の場合は、ご面倒でも購入された書店名を明記して、小社販売部あてにお送りください。送料小社負担でお取り替えいたします。

ただし、古書店等で購入したものについてはお取り替えできません。

*定価はカバーに表示してあります。

*小社のプライバシーポリシー（個人情報の取り扱い）は上記ホームページをご覧ください。

©Machio Kazeno 2023　Printed in Japan
ISBN978-4-408-55793-9（第二文芸）